ABRIL DESPEDAÇADO

ISMAIL KADARÉ

Abril despedaçado

3ª edição

Tradução do albanês
Bernardo Joffily

COMPANHIA DAS LETRAS

Cet ouvrage, publié dans le cadre du programme d'aide à la publication, bénéficie du soutien du Ministère Français des Affaires Etrangères.
Este livro, publicado no âmbito do programa de participação à publicação, contou com o apoio do Ministério Francês das Relações Exteriores.

Grafia atualizada segundo o Acordo Ortográfico da Língua Portuguesa de 1990, que entrou em vigor no Brasil em 2009.

Título original
Prilli i thyer

Capa
Alceu Chiesorin Nunes

Preparação
Márcia Copola

Revisão
Renato Potenza Rodrigues, Flavia Yacubian e Valquíria Della Pozza

Atualização ortográfica
Verba Editorial

Os personagens e as situações desta obra são reais apenas no universo da ficção; não se referem a pessoas e fatos concretos, e não emitem opinião sobre eles.

Dados Internacionais de Catalogação na Publicação (CIP)
(Câmara Brasileira do Livro, SP, Brasil)

Kadaré, Ismail
Abril despedaçado / Ismail Kadaré ; tradução do albanês Bernardo Joffily. — 3ª ed. — São Paulo : Companhia das Letras, 2024.

Título original: Prilli i thyer.
ISBN 978-85-359-3913-2

1. Romance albanês I. Título.

24-217054 CDD-891.99135

Índice para catálogo sistemático:
1. Romances : Literatura albanesa 891.99135

Cibele Maria Dias – Bibliotecária – CRB-8/9427

EDITORA SCHWARCZ S.A.
Rua Bandeira Paulista, 702, cj. 32
04532-002 — São Paulo — SP
Telefone: (11) 3707-3500
www.companhiadasletras.com.br
www.blogdacompanhia.com.br
facebook.com/companhiadasletras
instagram.com/companhiadasletras
x.com/cialetras

Nota de apresentação

Ao ler *Abril despedaçado*, compreende-se logo o motivo e a intensidade da paixão de Ismail Kadaré pela tragédia e por seus dois representantes mais renomados, Shakespeare e Ésquilo. "O *amigo*, a palavra empenhada e a vendeta são as rotas e os mecanismos da tragédia antiga — e enveredar por eles é divisar a possibilidade da tragédia." Nas montanhas por onde caminham Bessian Vorps e sua mulher, essa possibilidade é uma realidade multissecular. Kadaré situou o cenário de seu romance na província de Mirëditë, uma área montanhosa isolada do resto da Albânia, sem estradas dignas de tal nome. Aí, nesse reduto católico e tradicionalista — o ateliê da tragédia —, o escritor fez incidir as características do *Kanun* (cânon, código de direito consuetudinário) de muitas províncias do norte e do leste do país, características que observara durante sua estada no Norte, em fins dos anos 70. Assim, o personagem Ali Binak é real: esse era o nome de uma das figuras eminentes do nordeste da Albânia no final do século XIX.

Como tratamos aqui de um *Kanun*-síntese, enriquecido, a

tragédia tem todas as possibilidades de expressá-lo. O romance ilustra os artigos mais destacados do terrível código. Em vez de Mirëditë, o cenário poderia perfeitamente ser Kossovë,* a parte sul de Montenegro, os Alpes Albaneses ou o maciço de Dukagjin. Passou-se o tempo, e a gesta de Orestes, que vinga Agamenon, permaneceu. No entanto, Orestes deixou os palácios. O sangue que ele vinga já não é azul, e sim o da gente simples. A vendeta se democratizou.

Esse costume assinala uma época em que o Estado não fazia valer suas leis e os homens executavam sua própria justiça, conforme um código detalhadíssimo, que não deixava nada na sombra. Hoje, quando se tenta, de forma degradada, restaurar a vendeta, *Abril despedaçado* é uma lição de honradez e dignidade, por mais que o *Kanun* seja sanguinário e absurdo.

E o romance mostra sem dificuldade o absurdo desse código. Onde este vigora, não existe escolha. "O *Kanun* é mais poderoso do que parece", dizem. Gjorg é a encarnação dessa verdade. É como se sufocasse suas revoltas ali onde elas se originam. "Sou livre?", indaga-se. Porém, não procura a resposta; não passa de uma marionete, e a força que o manipula o conduz à morte.

Marcado para morrer, Gjorg leva uma tarja negra no braço. Ela representa um mundo do além — sempre presente de uma ou outra maneira na obra de Kadaré —, um mundo que exerce poderes mágicos sobre os vivos. A mulher de Bessian Vorps se deixa cair sob o feitiço da vendeta tal como Stres se deixa confundir pela agonizante Doruntinë...** É a atração do maldito. O próprio Bessian Vorps, de passagem pelo Rrafsh, com grandes pretensões puramente intelectuais, terá que pagar seu tributo:

* Forma como os albaneses denominam a região que o mundo passou a conhecer pela versão serva — Kosovo. (N. T.)

** Personagens de outra obra de Kadaré, tomados do folclore albanês. (N. T.)

recém-casado, assistirá ao alheamento cotidiano da esposa. E se deixa abalar silenciosamente pelo mundo montanhês, onde os seres podem até se converter em espectros, mas jamais se libertam das leis do destino, nem mesmo no túmulo.

Abril despedaçado foi escrito em 1978 e publicado, juntamente com obras como *Quem conduziu Doruntinë?*, numa coletânea intitulada *Sangue-frio*.

Éric Faye

1.

Quando sentia frio nos pés, mexia um pouco as pernas até ouvir o barulho queixoso dos pedregulhos no solo. Na verdade o lamento vinha dele. Nunca lhe ocorrera ficar tanto tempo imóvel como agora, atrás daquela cerca, na Estrada Grande, à espera de que o outro passasse.

A tarde morria. Temeroso, quase amedrontado, ele aproximou os olhos da mira do fuzil. Dali a pouco, com o crepúsculo, ficaria difícil fazer pontaria. "Ele vai passar antes que a noite o impeça de mirar, com certeza", dissera-lhe o pai. "Basta ter paciência, esperar."

Fazia tempo que suas articulações doíam. Já nem sentia o braço direito.

Lentamente a mira do fuzil deslizou, ao longo da estrada, por restos de neve que não derretera. Os pastos mais adiante estavam pontilhados por romãzeiras silvestres. A ideia de que aquele era um dia extraordinário na sua vida lhe passou, nebulosa, pela mente. O cano da arma se moveu de novo, no sentido inverso, das romãzeiras para os restos de neve. O que ele chamava dia extraordinário já se reduzia àqueles restos de neve e àquelas romãzeiras silvestres, que pareciam esperar desde o meio-dia para ver o que ele iria fazer.

"Mais um pouco, está escuro", pensou, "e eu nunca poderei mirar." Na realidade, queria que o crepúsculo caísse quanto antes, trazendo a noite, e o deixasse escapar daquela maldita tocaia. Porém, o dia se arrastava, como se se alegrasse em mantê-lo preso. Embora fosse a segunda tocaia de vendeta* na sua vida, o homem que devia matar era o mesmo da primeira emboscada; assim, para ele, era como se uma fosse a continuação da outra.

Sentiu outra vez os pés gelados e outra vez mexeu as pernas, como se desse modo impedisse a friagem de subir. Mas ela já chegara à sua barriga, à garganta, à cabeça até. Uma parte do seu cérebro parecia congelada como os restos de neve mais à frente no caminho.

Não tinha condições de raciocinar. Apenas sentia hostilidade para com as romãzeiras e os restos de neve, como se, sem eles, fosse mais fácil abandonar a tocaia. Acontece que ali estavam, testemunhas caladas, e ele não iria embora.

Pela vigésima vez naquela tarde, avistou na curva da estrada o homem que devia matar. Andava com passos curtos, o cano preto do fuzil despontando no ombro direito. O que estava de tocaia estremeceu: agora não era uma visão. Era mesmo o homem que esperava.

Como das outras vezes, Gjorg apontou o fuzil para a cabeça do outro, mirando. Ele se movimentou, escapando da linha de fogo, e no último momento Gjorg achou até que sorriu com ironia. Seis meses antes acontecera a mesma coisa. Para não

* Do albanês *gjakmarrje* — numa tradução literal, "retomar o sangue" —, que designa um costume muito semelhante à vendeta da Córsega. (N. T.)

desfigurar a vítima (de onde surgira aquela compaixão de última hora?), ele tinha baixado a mira, e por isso não matara o homem, só o ferira no pescoço.

O outro se aproximava. "Tomara que eu não o fira", implorou Gjorg. A custo os seus tinham pago a multa pelo primeiro ferimento, e um segundo erro de pontaria iria arruiná-los. Ao passo que a morte não custava nada.

O outro já estava perto. "Melhor errar totalmente do que ferir", murmurou Gjorg consigo. Tratou de não pensar em nada. A primeira vez tinha pensado demais e por isso estragara as coisas. Sentira pena, vergonha e até, no último momento, lembrara o velho ditado: "Quem chumbo viu, de chumbo morreu".

"Não tenho mais que pensar", disse consigo. "Só tenho que fazer o que deve ser feito." Como imaginara centenas de vezes, antes de atirar Gjorg avisou o homem, conforme mandava o costume. Nem na hora nem depois teve certeza se falara ou se sua voz havia falhado. A verdade é que a vítima de repente virou a cabeça. Gjorg ainda viu um rápido movimento de braço, como que para pegar o fuzil, e então atirou. Um tanto espantado, ergueu os olhos da arma para o morto (embora ele estivesse de pé, Gjorg não tinha dúvida de que o matara). O outro deu meio passo à frente, deixou o fuzil escorregar para um lado e caiu para o lado oposto.

Gjorg se aproximou do defunto. A estrada estava completamente deserta. Só se ouviam seus passos. O morto caíra de bruços. Gjorg se agachou perto dele e pôs uma das mãos no seu ombro, como para despertá-lo. Retirou a mão dali e pensou: "E agora?". Mas a mão voltou ao ombro do outro, como se quisesse que ele voltasse à vida. "O que estou fazendo?", Gjorg se recriminou. Foi então que percebeu: não se curvara sobre o finado para arrancá-lo do sono eterno, e sim para virá-lo de frente. Bastava virá-lo de frente, como mandava o costume. As romãzeiras silvestres e os restos de neve continuavam ali, à espreita.

Levantou-se e deu alguns passos, mas logo lembrou que devia apoiar na cabeça do outro o fuzil que este carregava.

Movimentou-se como num sonho. Sentia náuseas e por duas ou três vezes repetiu que era por causa da visão do sangue. Instantes depois se viu quase correndo pelo caminho ermo.

Anoitecia. Às vezes ele olhava para trás, sem saber por quê. A estrada continuava deserta, em meio às ervas e ao dia que findava.

Pouco adiante ouviu chocalhos de mulas e em seguida vozes humanas. Um grupo de pessoas se aproximava pela Estrada Grande. Pareciam ora forasteiros, ora montanheses voltando da feira. Antes que Gjorg pudesse descobrir quem eram, eles estavam na sua frente. Havia homens, moças e crianças.

Deram-lhe boa-noite e ele parou. Depois de fazer um gesto na direção de onde viera, disse-lhes com voz meio rouca: "Ali, na curva da Estrada Grande, matei um homem. Virem-no, boa gente, e apoiem o fuzil na cabeça dele".

Fez-se silêncio no pequeno grupo.

"O sangue lhe deu náuseas?"

Ele não respondeu. Alguém lhe aconselhou algo contra náuseas, mas ele não ouviu. Retomara a caminhada. Sentia-se um pouco aliviado, agora que lhes dissera que virassem o morto. Não conseguia lembrar se endireitara ou não o cadáver. O *Kanun* previa a perturbação que um matador experimenta e permitia que se pedisse a um passante que fizesse o que devia ser feito. Mas deixar o morto de bruços e a arma longe do seu corpo era uma desonra imperdoável.

Ainda não anoitecera de todo quando Gjorg chegou à aldeia. Seu dia extraordinário continuava. A porta da *kullë** estava entreaberta. Empurrou-a com o ombro e entrou.

* Residência camponesa fortificada, construída em pedra, com janelas muito estreitas, típica das montanhas do norte da Albânia. (N. T.)

"Então?", perguntou alguém lá dentro.

Ele assentiu, sem falar.

"Quando?"

"Há pouco."

Sentiu suas pernas subindo a escada de madeira.

"Você tem sangue nas mãos", disse o pai. "Vá se lavar."

Gjorg olhou assombrado para as mãos.

"Então devo tê-lo virado", disse.

Não havia motivo para a inquietação que sentira no caminho. Era só olhar para as mãos e lembraria que tinha endireitado o corpo do morto conforme as regras.

A casa cheirava a café torrado. Surpreendentemente, Gjorg sentiu sono e chegou a bocejar. Por trás de seu ombro esquerdo, os olhos brilhantes da irmã menor pareciam longínquos como duas estrelas além do horizonte.

"E agora?", perguntou de repente, sem se dirigir a ninguém em particular.

"É preciso avisar da morte no povoado", respondeu o pai.

Só então Gjorg notou que o pai estava calçando as alpercatas.

Bebia o café que a mãe preparara para ele quando ouviu o primeiro grito lá fora: "Gjorg dos Berisha atirou em Zef Kryeqyq!".

A voz tinha um timbre particular, alguma coisa entre o tom de quem proclama um decreto oficial e o de quem entoa um velho salmo. O som inumano o despertou do entorpecimento. Era como se o nome dele tivesse deixado seu ser, sua pele e suas entranhas, para se espalhar cruelmente lá fora. Nunca sentira algo assim. "Gjorg dos Berisha", repetiu consigo o bordão do arauto impiedoso.

Tinha vinte e seis anos, e era a primeira vez que seu nome ocupava os fundamentos da vida.

"Gjorg dos Berisha atirou em Zef Kryeqyq!", repetiu outra voz, vinda de outra direção.

Era assombroso ouvir converter-se em proclamação aquilo que pouco antes fora apenas uma sequência de movimentos dele, um som ao fazer pontaria e depois os loucos acontecimentos a que assistiram as romãs silvestres e a neve arrogante. Seu nome, Gjorg, pareceu-lhe repentinamente muito velho e pesado, como letras entalhadas, eivadas de musgo, no arco de uma igreja.

Fora, os arautos da morte passavam aquele nome de boca em boca, como se tivesse asas.

Meia hora depois trouxeram o morto para a aldeia. Conforme o costume, ele jazia sobre quatro galhos de faia. Ainda tinha uma expressão morna, como se não houvesse rendido a alma.

O pai do morto esperava em pé, à porta de sua *kullë*. Quando os carregadores do cadáver estavam a quarenta passos, gritou: "O que me trazem? Ferida ou morte?".

"Morte."

A resposta veio curta, cortante.

A língua do pai procurou por saliva, longe, muito longe, no fundo da boca. A custo ele articulou: "Ponham-no aqui dentro e comuniquem a morte à aldeia e aos parentes".

Os chocalhos dos rebanhos que voltavam ao lugarejo de Brezftoht, o som dos sinos vespertinos e todos os ruídos do anoitecer davam a impressão de arcar com o peso da recém-anunciada notícia da morte.

Observava-se um movimento inusitado nas ruelas da aldeia. Algumas tochas, parecendo frias por não ser ainda noite fechada, flamejavam mais longe, nos limites do povoado. Havia um vaivém diante da casa do morto. Outras pessoas, aos pares ou em grupos de três, partiam para um lugar qualquer ou voltavam não se sabe de onde.

Pelas janelas de algumas *kullë* transitavam as últimas notícias.

"Já soube que Gjorg Berisha atirou em Zef Kryeqyq?"

"Gjorg dos Berisha vingou a morte do irmão."

"Os Berisha vão pedir a *bessa** de vinte e quatro horas?"

"Com certeza."

Das janelas das *kullë* se via toda a agitação da aldeia. A noite caíra de vez. A luz das tochas se tornara mais densa, como se tivesse congelado. Aos poucos, adquiria um tom escuro de vermelho, como o de uma lava vulcânica recém-saída de misteriosas profundezas. Suas fagulhas espalhavam ao redor o pressentimento do derrame de mais sangue.

Quatro homens, entre eles um ancião, caminhavam na direção da casa do morto.

"Os mediadores vão solicitar a *bessa* de vinte e quatro horas em benefício dos Berisha", disse alguém numa janela.

"E vão conseguir?"

"Por certo."

Ainda assim, todo o clã dos Berisha tratava de tomar medidas defensivas. Ouviam-se vozes: "Murash, depressa, para casa!"; "Cen, tranque a porta"; "Onde está Preng?".

Cerravam-se as portas das casas de todo o clã, de parentes próximos e distantes, pois sempre se soube, através das gerações, que aquele momento — o que se seguia à morte —, no qual a família da vítima ainda não concedera nenhuma das *bessa*, era perigosíssimo. Os Kryeqyq, cegos de dor, tinham então o direito de atirar em qualquer membro do clã Berisha.

Todos esperavam à janela que a delegação saísse da casa do morto. "Será que darão *bessa*?", perguntavam as mulheres.

* Palavra empenhada, noção fundamental do código de honra albanês, no caso para indicar uma trégua antes da retomada da vendeta. (N. T.)

Por fim, os quatro intermediários reapareceram. A conversa fora curta. O andar deles não revelava nada, mas logo depois um grito espalhou a notícia: "A família dos Kryeqyq abriu *bessa*".

Todos entenderam que se falava da *bessa* pequena, de vinte e quatro horas. Ninguém sequer concebia que pudesse se tratar da *bessa* grande, de trinta dias, que só a aldeia poderia pedir aos Kryeqyq, e depois do enterro.

As vozes voavam de casa em casa: "A família dos Kryeqyq abriu *bessa*"; "Os Kryeqyq abriram *bessa*".

"Louvado seja Nosso Senhor! Pelo menos por um dia não se derrama mais sangue...", suspirou uma voz rouca por trás de uma porta.

A cerimônia fúnebre aconteceu no meio do dia seguinte. As carpideiras vieram de longe, arranhando as faces e arrancando os cabelos como de praxe. O velho cemitério se encheu das túnicas pretas dos acompanhantes do enterro. Após o sepultamento, o cortejo tornou à casa dos Kryeqyq. Gjorg fazia parte dele. Por vontade própria, jamais teria ido. Ocorrera entre o pai e ele aquela que esperava ser a última das desavenças mil vezes repetidas nas pradarias montesas. "Você deve ir ao enterro e também ao almoço fúnebre." "Mas eu sou o *gjaks*,* por que logo eu devo ir?" "Exatamente porque matou, você tem que ir. Qualquer um pode faltar ao enterro e ao almoço fúnebre, menos você. Eles o esperam mais que a todos os outros." "Mas por quê?", insistira Gjorg, pela última vez. "Por que devo fazer uma coisa dessas?" O pai então o havia fulminado com os olhos, e ele se calara.

* O termo, derivado de *gjak*, "sangue", designa o matador que vinga os seus conforme os costumes da vendeta albanesa. (N. T.)

Agora, caminhava em meio aos acompanhantes do enterro, com os olhos tão frios como aquele dia de março, tal qual ele mesmo estivera frio e sem rancor um dia antes, na tocaia. A sepultura recém-aberta, as cruzes de pedra ou madeira, na maioria inclinadas, o som triste do sino, tudo estava diretamente relacionado a ele. O rosto das carpideiras, com as lacerações provocadas pelas unhas (meu Deus, como suas unhas podiam crescer tanto de um dia para o outro?), os cabelos arrancados com selvageria, os olhos congestionados, o ruído dos passos ao seu redor, toda aquela obra fúnebre, ele é que a criara. E como se não bastasse, era obrigado a andar em meio a ela, lentamente, respeitosamente, como os outros.

As listras laterais das calças de lã branca que eles vestiam quase tocavam as suas, como víboras a destilar veneno, prontas para o bote. Mas ele podia ficar tranquilo: a *bessa* de vinte e quatro horas o protegia, mais e melhor que qualquer muro de *kullë* ou castelo. Os canos dos fuzis despontavam sobre os coletes pretos dos homens, porém por enquanto ninguém tinha permissão para atirar. Amanhã, depois de amanhã, talvez. Caso a aldeia solicitasse a *bessa* de trinta dias, ele teria mais quatro semanas de paz. Depois...

Alguns passos adiante, um cano de um velho fuzil de guerra se movia a todo instante como que para se distinguir dos demais. Outro cano, curto, despontava à sua esquerda. E outros o cercavam. Qual deles... Em sua mente, as palavras "vai me matar" se converteram enfim, tornando-se um pouco mais leves: "vai atirar em mim".

O caminho do cemitério até a casa do morto parecia não ter fim. E Gjorg ainda enfrentaria o almoço fúnebre, uma prova mais difícil. Sentaria à mesa junto com o clã do morto. Serviriam o pão, os pratos, poriam uma colher diante dele, e ele teria que comer.

Ocorreu-lhe algumas vezes a ideia de fugir daquela situação absurda, correr daquele cortejo fúnebre. Podiam censurá-lo, zombar dele, dizer que violara um código secular, até atirar pelas costas se quisessem, contanto que ele pudesse ir para longe. Porém, ele sabia que jamais fugiria, assim como seus avós, bisavós, tataravós não tinham fugido, cinquenta, cem, mil anos antes.

Afinal chegavam à *kullë* do defunto. Panos pretos cobriam as janelas estreitas sobre o arco do portal. "Oh, onde é que estou entrando?!", gemeu Gjorg consigo, e embora o portal baixo da construção estivesse a cerca de cem passos, ele foi abaixando a cabeça como que para evitar esbarrar no arco de pedra.

O almoço fúnebre transcorreu de acordo com todas as regras. Gjorg passou o tempo todo pensando em seu próprio almoço fúnebre. Qual dos presentes compareceria, como ele comparecera?

As carpideiras ainda tinham o rosto arranhado e ensanguentado. A tradição ordenava que não o lavassem, nem na aldeia onde ocorrera a morte, nem no caminho de volta. Só poderiam fazê-lo quando chegassem a seus povoados.

Os ferimentos na testa e nas faces lhes davam a aparência de máscaras. Gjorg se pôs a pensar como ficariam as carpideiras do seu clã. Parecia que toda a sua vida interior seria um almoço fúnebre sem fim, em que uma facção se revezaria com a outra nos papéis de anfitrião e visitante. E cada uma delas, antes de ir ao banquete, poria a máscara sangrenta.

À tarde, após o almoço fúnebre, um vaivém inusitado recomeçou no lugarejo. Em algumas horas acabaria a *bessa* pequena para Gjorg Berisha, e desde já os anciãos se prontificavam a comparecer à *kullë* dos Kryeqyq para pleitear em nome da aldeia a *bessa* grande, de trinta dias.

Além das soleiras das *kullë*, no andar superior — onde ficavam os aposentos reservados às mulheres —, nas praças da aldeia, não se falava noutra coisa. Tratava-se da primeira morte decorrente de vendeta naquela primavera, e era natural que todos os acontecimentos a ela relacionados despertassem interesse. Fora uma morte perpetrada conforme todas as regras. E o sepultamento, o almoço fúnebre, a *bessa* de vinte e quatro horas e tudo o mais obedeceram ao velho *Kanun*. Portanto, decerto também seria concedida a *bessa* de trinta dias, que os anciãos se preparavam para pedir aos Kryeqyq.

Entretanto, em meio aos comentários durante a espera das últimas notícias sobre a trégua de trinta dias, vinham à baila episódios em que as normas do *Kanun* tinham sido desrespeitadas, em tempos recentes ou remotos, naquela aldeia e nas vizinhanças, ou mesmo em lugarejos distantes, por onde se estendessem aquelas montanhas sem fim. Lembravam-se os violadores do *Kanun* e as bárbaras punições que haviam sofrido. Evocavam-se certas pessoas castigadas por suas próprias famílias, famílias penalizadas coletivamente por seu povoado, e também aldeias inteiras condenadas e escarmentadas até a loucura por um grupo de aldeias do mesmo *flamur*,* como se costumava dizer. Mas, "louvado seja Nosso Senhor" — diziam com um suspiro de alívio —, fazia tempo que nenhuma daquelas sem-vergonhices acontecia na aldeia deles. Tudo se dava conforme os velhos códigos, e desafiá-los era coisa que não passava pela cabeça de ninguém. Também o sangue derramado na véspera obedecera

* *Flamur* — "bandeira", em albanês — era também, desde o século XVIII, uma divisão administrativo-militar local cujo potentado, o *bajrak*, tinha um estandarte como símbolo de poder. (N. T.)

ao costume. Gjorg dos Berisha, mesmo sendo jovem, portara-se decentemente tanto no enterro do inimigo como no almoço fúnebre. Com certeza os Kryeqyq lhe concederiam a *bessa* de trinta dias. Mais ainda porque, se a aldeia podia obter a trégua dessa *bessa*, podia também rompê-la, caso o *gjaks*, aproveitando o benefício temporário, resolvesse sair pelo lugarejo se gabando do seu ato. Mas não, Gjorg dos Berisha nunca fora do tipo que se vangloriava. Pelo contrário, sempre se dizia que era fechado e comportado; portanto, ninguém esperaria dele uma insensatez. De outros sim, dele não.

Os Kryeqyq concederam a *bessa* grande à tarde, pouco antes de acabar o prazo da pequena. Um dos anciãos do lugar, que estivera com a família do morto, foi à *kullë* dos Berisha e deu a notícia, aproveitando para repetir os conselhos de praxe: que Gjorg não abusasse etc.

Quando o emissário se foi, Gjorg permaneceu como uma pedra num canto da casa. Restavam-lhe trinta dias de vida sem riscos. Depois disso, a morte o espreitaria em toda parte. Como um morcego, ele só se movimentaria nas trevas, fugindo do sol, da lua cheia e das tochas.

Trinta dias, murmurou. Sempre encolhido, na penumbra, como um bandoleiro. O tiro do fuzil ali na cerca da Estrada Grande cortara de um golpe a sua vida em duas: a parte dos vinte e seis anos até então e a parte de trinta dias que começava agora — de 17 de março até 17 de abril. Depois viria o esvoaçar de morcego, que ele já não contava.

Com o canto do olho Gjorg mirou o fragmento de paisagem além da janela estreita. Lá fora corria março, meio risonho, meio gelado, com aquela perigosa luminosidade alpina que só esse mês possuía. Mais tarde viria abril, ou melhor, apenas sua primeira metade. Gjorg sentiu um vazio do lado esquerdo do peito. Abril desde já se revestia de uma dor azulada... Ah, sim, abril sempre lhe causara essa impressão, de um mês um tanto incompleto. Abril dos amores, como diziam as canções. O seu abril despedaçado... Apesar de tudo, foi melhor assim, suspirou, sem sequer saber o que fora melhor, a vingança pela morte do irmão ou a época em que se dera a vendeta.

Não fazia meia hora que a *bessa* de trinta dias havia sido proclamada, e ele quase se acostumara com a ideia de uma vida irremediavelmente dividida em duas. Chegava a sentir que ela sempre fora assim: um longo pedaço, de vinte e seis anos, com uma vida vagarosa, aborrecida mesmo, vinte e seis março e abris, outros tantos invernos e verões, e mais um pedaço, curto, de quatro semanas, impetuoso, rápido como uma avalanche, com apenas uma metade de março e outra de abril tal qual dois galhos quebrados cintilando na geada.

O que faria naqueles trinta dias que lhe restavam? Habitualmente, durante a *bessa* grande, as pessoas se apressavam em fazer o que nunca tinham feito na outra parte de suas vidas. E se não tivesse sobrado grande coisa por fazer, entregavam-se ao cumprimento dos labores de todo dia. Se fosse tempo de semear, tratavam de concluir a semeadura; se fosse tempo de colher, apanhavam os feixes de trigo; caso não fosse nem um nem outro, cuidavam de coisas mais comuns, como algum conserto no telhado ou no curral. Na hipótese de nem isso ser necessário, simplesmente saíam pelos bosques para ver mais uma vez o voo das cegonhas ou as primeiras geadas de outubro. Os solteiros em geral se casavam, mas Gjorg não se casaria. Sua prometida, uma moça que jamais conhecera, havia adoecido em sua terra distante e morrera fazia um ano, e agora ele não tinha mais noiva.

Sem tirar os olhos de seu fragmento de paisagem que se enevoava, Gjorg pensava o que fazer dos trinta dias que lhe restavam. Às vezes eles lhe pareciam pouco, pouquíssimo, uma pitada de tempo que não daria para nada, mas outras vezes os trinta dias se dilatavam terrivelmente, desnecessariamente.

"Dezessete de março", murmurou consigo. Vinte e um de março. Vinte e oito de março. Quatro de abril. Onze de abril. Dezessete de abril. Dezoito... abril-morto. E depois, sempre isso: abril-morto, abril-morto e mais nada. Maio, nunca.

Estava assim, murmurando entre dentes datas ora de abril, ora de março, quando ouviu os passos do pai, que descia a escada da *kullë*. Trazia na mão uma bolsa de lona.

"Gjorg, tome aqui os quinhentos *groshë** do sangue", disse, estendendo-lhe a bolsa.

Gjorg o fitou com os olhos arregalados, ocultando as mãos atrás de si, tratando de guardar distância daquela coisa maldita.

"Por quê?", indagou com voz sumida. "Por quê?"

O pai olhou para ele não sem espanto.

"Como 'por quê'? Você esqueceu que é preciso pagar o tributo do sangue?"

"Ah", disse Gjorg com certo alívio. "Ah, sim."

A bolsa continuava sendo oferecida a ele, que estendeu as mãos para apanhá-la.

"Depois de amanhã você parte para a *kullë* de Orosh", prosseguiu o pai. "Levará um dia para chegar."

Gjorg não tinha a menor vontade de chegar a parte alguma.

"Esse assunto tem pressa, pai? É preciso pagar imediatamente?"

"Sim, filho. Esse assunto tem pressa. O tributo do sangue deve ser pago logo depois que o sangue é derramado."

* Antiga unidade monetária da Albânia. (N. T.)

A bolsa agora estava na mão direita de Gjorg. Pesava como chumbo. Continha as economias de estações inteiras, semana após semana e mês após mês, à espera da vendeta.

"Depois de amanhã, para a *kullë* de Orosh", repetiu o pai. Havia se aproximado da janela e olhava atentamente para alguma coisa lá fora. No canto dos olhos tinha um brilho de interesse.

"Venha cá", disse ao filho com suavidade.

Gjorg se achegou a ele.

Embaixo, no quintal da casa, o varal ostentava uma camisa solitária.

"A camisa de seu irmão", disse o pai quase num suspiro. "A camisa de Mëhill."

Gjorg fixou os olhos nela. Era branca e esvoaçava ao vento; bailava, inflava-se alegremente, como se tivesse alma.

Um ano e meio depois que o irmão morrera, a mãe por fim lavara a camisa que o desgraçado vestia naquele dia. Durante um ano e meio ela estivera pendurada, tinta de sangue, no andar superior da casa, como exigia o *Kanun*, à espera do momento de ser lavada, após a vingança. Dizia-se que quando as manchas de sangue na camisa começavam a amarelar, era indício seguro de que o morto se sentia atormentado pela demora da vendeta.

Com frequência, em momentos solitários, Gjorg subira ao aposento deserto para olhar a camisa. O sangue amarelava cada vez mais. Aquilo significava que o morto não encontrara descanso. Incontáveis vezes Gjorg vira em sonhos a camisa em meio à água e à espuma, alvejando e espalhando luz como um céu de primavera. Todavia, pela manhã ele a encontrava sempre ali, cheia de manchas vermelhas de sangue seco, e outra vez fixava os olhos nela, até cansar. Isso semana após semana, transmitindo os sinais que enviava o morto das profundezas da terra onde estava.

Agora, finalmente, a camisa fora pendurada no varal. Mas Gjorg, para seu espanto, não sentia nenhum alívio.

Entretanto, assim como uma nova bandeira hasteada depois da retirada da velha, no andar superior da *kullë* dos Kryeqyq pendia a camisa ensanguentada do novo morto.

As estações, o calor e o frio, haveriam de influir nas mudanças da cor do sangue seco, assim como talvez o tipo de tecido. Mas ninguém levava isso em conta, e cada metamorfose era interpretada como uma misteriosa mensagem que não se poderia contestar.

2.

Fazia horas que Gjorg caminhava pelo Rrafsh,* e não havia nenhum sinal de que se aproximava da *kullë* de Orosh.

Sob a chuva miúda, sucediam-se quebradas sem nome, ou cujos nomes ele não conhecia, uma após outra, descarnadas e tristes. As cristas dos montes mal se distinguiam por trás delas, mas o nevoeiro era tamanho que facilmente se acreditava ver, através de seu véu, a silhueta pálida de uma única montanha, multiplicada como numa miragem, e não um amontoado de cumes, um mais descalvado que o outro. A névoa tornava as montanhas imateriais, contudo, surpreendentemente, assim pareciam ainda mais opressivas que nos dias claros, quando nenhuma máscara ocultava seus penedos e abismos.

O barulho dos pedregulhos da estrada sob a sola das alpercatas de Gjorg era abafado. As aldeias rareavam, bem como os

* A palavra albanesa *rrafsh* quer dizer "liso", "plano". Porém, o topônimo aqui mencionado designa um planalto extremamente acidentado cujo nome só se explica em contraste com as montanhas ainda mais escarpadas que o rodeiam. (N. T.)

lugarejos com subprefeituras. Mas mesmo que abundassem, Gjorg não cogitava parar em parte alguma. Devia chegar quanto antes à *kullë* de Orosh, pois, segundo as palavras do pai, sempre havia urgência quando se tratava de sangue e das coisas a ele relacionadas, até mesmo os tributos.

A maior parte do caminho era quase um deserto. Aqui e ali, em meio à bruma, surgiam montanheses solitários que, como ele, viajavam para algum lugar. Ao longe, davam a impressão de não ter nome nem substância, como tudo o mais naquele dia nebuloso.

Os povoados eram tão silenciosos quanto a estrada. Dos telhados íngremes das casas esparsas subiam intrigantes fiapos de fumaça. "Uma casa é qualquer tipo de construção, desde que tenha fogo e solte fumaça." Gjorg não sabia dizer por que repetia consigo aquela definição do *Kanun*, que sabia desde menino. "Não se entra numa casa sem chamar o dono e esperar a resposta." "Mas eu não pretendo bater à porta de ninguém!", exclamou consigo em tom queixoso.

A garoa não cessava. Gjorg avistou pela terceira vez um grupo de montanheses que andavam em fila indiana carregando sacos de milho. Sob o peso dos sacos, suas costas pareciam mais curvadas do que seria de esperar. "Talvez o milho esteja molhado", pensou.

Os montanheses e suas cargas ficaram para trás, e ele estava de novo sozinho no meio da Estrada Grande. Os limites do caminho ora apareciam claramente, ora se esfumavam nas duas margens. Aqui e ali a água e os deslizamentos de terra tinham estreitado seu leito. "A largura do caminho deve ter as dimensões da haste de uma bandeira." Ao remoer mais essa regra, Gjorg se deu conta de que havia tempo rememorava, ainda que a contragosto, as definições do *Kanun* sobre caminhos e caminhantes. "Pela estrada passa gente, passa gado, passam os vivos, passam os mortos."

Sorriu. Por mais que fizesse, não se libertaria daqueles cânones. Seria inútil se enganar. O *Kanun* era mais poderoso do que parecia. Estendia-se por toda parte, deslizava pelas terras, pelas bordas dos campos lavrados, penetrava nos alicerces das casas, nos túmulos, nas igrejas, ruas, feiras, festas de noivado, erguia-se até os cumes alpinos, talvez ainda mais alto, até o próprio céu, de onde caía em forma de chuva para encher os cursos de água que eram o motivo de um terço dos assassinatos.

Começara com aquilo sem pensar, desde o dia em que compreendera que deveria matar um homem. Era um fim de verão. No átrio da *kullë*, onde estava sentado com dois companheiros, seguia com os olhos as fagulhas do fogo, avivadas pelo adensamento do crepúsculo, quando a mãe o chamara: "Seu pai quer falar com você".

Ao voltar do terceiro andar da *kullë*, viera com uma expressão tão carregada que os companheiros perguntaram: "Que há com você?". Depois de lhes contar, esperava que dissessem: "Pobre coitado!", mas não disseram. Olharam para ele com um ar espantado em que não se distinguia se havia pena ou admiração.

Desde aquela tarde, tinha a sensação de que passara a ser outra pessoa. Além de ter lhe dado a ordem de vingar o sangue do irmão, o pai o prevenira, em frases curtas, de que não envergonhasse o clã, para que depois o povo não dissesse que Gjorg Berisha, como um reles salteador de estrada, esquecera o sangue do próprio irmão. Ele devia gravar bem fundo na mente as regras da vendeta. Não esquecer de avisar antes de dar o tiro. Essa é a primeira coisa importante. Não esquecer de virar o corpo do morto de frente e apoiar a arma que este carrega na cabeça dele. Essa é a segunda coisa importante. As outras são simples, muito mais simples.

Mesmo sem ele querer, as palavras vinham à sua cabeça, como as ditas pelo padre na missa dominical.

Aquilo fora apenas o começo. Logo atinara, pasmado, que as regras da morte eram somente uma parte do código — até bastante resumida, em comparação com a outra parte, não manchada de sangue. Porém, ambas estavam ligadas em inúmeras passagens, e ninguém saberia determinar a fronteira entre elas. Tudo fora concebido de tal maneira que uma engendrava a outra, a alva dando à luz a sangrenta e a sangrenta à alva, de geração em geração, através dos tempos.

Longe, Gjorg avistou uma caravana de homens a cavalo. Quando se aproximaram um pouco mais, distinguiu a noiva em meio aos viajantes e compreendeu que se tratava de *krushq*.* Estavam todos encharcados, cansados; só os chocalhos das montarias tilintavam alegremente.

Gjorg abriu passagem para a caravana. Os *krushq*, tal como ele, traziam as armas voltadas para baixo, a fim de protegê-las da chuva. Enquanto corria os olhos pelos embrulhos multicoloridos — que sem dúvida continham o enxoval da noiva —, Gjorg cogitou em que canto, em que canastra, que bolsa, que manta bordada os pais da moça tinham posto o "cartucho do enxoval" — com o qual, conforme o costume, o marido teria o direito de matar a recém-casada se ela tentasse fugir. Dali o pensamento dele passou à sua noiva, com quem jamais se casara por causa de sua longa enfermidade. Sempre que via um cortejo de noivado lembrava dela, mas aquela vez sentiu, para seu espanto, algum consolo junto com a dor: talvez tivesse sido melhor assim. Talvez tivesse sido melhor para ela partir donzela ainda, antes dele, rumo às paragens para onde ele também iria em

* No caso, a palavra designa os parentes que conduzem a noiva ao casamento. Mas também pode se referir à relação social muito estreita, entre duas famílias albanesas, que se origina do casamento de seus filhos, a qual guarda alguma semelhança com o compadrio brasileiro. (N. T.)

breve, em lugar de ficar viúva por uma extensa e tediosa vida. Quanto ao "cartucho do enxoval" — com que todo pai se sente na obrigação de presentear o genro, para facilitar a morte da moça —, ele certamente o teria jogado fora logo na noite de núpcias. Ou, quem sabe, pensava assim agora que ela se fora e a ideia de matar alguém que já não existia era tão remota quanto a de combater uma sombra.

Os *krushq* desapareceram antes que Gjorg tivesse terminado de pensar neles. Ele ficou a imaginá-los seguindo caminho, do mesmo modo que mil anos antes, o patriarca dos *krushq* fechando a marcha, com a única diferença de que agora pusera sob o véu não aquela noiva, mas a sua. "Jamais se adia a data de um casamento", dizia o *Kanun*. Os *krushq* haveriam de entregá-la na casa do noivo, ainda que estivesse morrendo ou tivessem que arrastá-la. Gjorg ouvira repetirem muitas vezes aquelas palavras em sua casa, ao longo da doença da noiva dele, quando a conversa recaía na aproximação do casamento. "Ninguém detém os *krushq*, nem uma morte no clã. Mesmo com um cadáver em casa, os *krushq* têm que partir. A noiva entra em casa, o morto sai de casa. Nesta se pranteia, naquela se baila."

Tudo isso, turbilhonando em sua mente, cansou-o, e durante um bom trecho ele procurou não pensar em nada. Dos dois lados da estrada havia extensas capoeiras, depois novas quebradas sem nome, só pedregulhos. Mais adiante, à direita, despontou um moinho movido a água, além um rebanho de ovelhas, uma igreja com seu cemitério. Gjorg passou por eles sem sequer virar a cabeça, o que não impediu, contudo, que lhe viessem à lembrança as partes do *Kanun* que tratam de moinhos, rebanhos, igrejas e cemitérios. "A vendeta não atinge os padres. Entre os túmulos de um clã não se cava um túmulo de estranho."

Ele queria dar um basta naquilo, mas não teve coragem. Abaixou a cabeça e continuou andando, no mesmo passo. Longe, divisava-se o telhado de uma estalagem, além um convento de freiras, mais um rebanho de ovelhas, depois uma coluna de fumaça, talvez de uma moradia, e para tudo aquilo existiam regras multisseculares. Não havia como escapar delas.

Como tinham sido criadas normas tão completas e imperiosas? Por quem? Quando? Ninguém sabia dizer ao certo. Alguns evocavam antigos príncipes, outros teimavam que elas eram anteriores aos principados.

Certa vez a avó lhe dissera palavras enigmáticas: "O monte, assim como te chama, te responde".

Quando passava diante do convento de freiras, lembrou que os padres eram os únicos homens livres da vendeta. A ideia de que apenas se tivesse virado padre escaparia do *Kanun* se confundiu com a imagem das monjas, com as relações que, dizia-se, mantinham com jovens frades, com a possibilidade de uma ligação dele próprio com uma freira, mas então lembrou do pai e de suas palavras: "Enquanto não vingar a morte de seu irmão, não tenha outra vida nem pense noutra coisa".

Sorriu. Não ter outra vida até o dia de matar. Depois, logo depois, assim que ele próprio fosse designado para morrer, aí começaria sua vida.

"Ah", disse quase em voz alta, mas no mesmo instante se sentiu culpado, e como que se punindo pela rebeldia, dirigiu o pensamento para as regras da morte. O albanês só se vingava com arma de fogo, não ousaria fazer diferente. O *Kanun* proibia o uso da faca, da pedra, da corda, de qualquer outro meio que não produzisse chama e barulho à distância. "Quantas normas", pensou, exausto. E a maioria delas regula o último instante da vida... Na realidade, embora estas fossem a essência do código, outra parcela bastante numerosa de regras não tinha nada a ver com elas. Era o que refletira da outra vez, do mesmo modo: o mundo está dividido em duas partes, a que trata de derramar sangue ou de ter sangue derramado, e a outra, a sem sangue.

Sem sangue... Por pouco não suspirou. Como seria a vida em famílias assim? Como as pessoas despertariam pela manhã e adormeceriam à noite? Aquilo lhe parecia quase inacreditável, talvez tão distante quanto a vida dos pássaros. E, no entanto, havia casas assim. Afinal, sua própria casa fora assim, setenta anos antes, até aquela noite de outono em que um homem batera à porta.

Gjorg ouvira do pai, que ouvira do avô, a história de sua guerra com a família dos Kryeqyq. Era uma história corriqueira, com vinte e dois mortos de cada lado, totalizando quarenta e quatro; uma história composta de frases curtas, pronunciadas perante a morte, mas sobretudo de silêncios, de arquejos, de dolorosos estertores que não deixaram ouvir os desejos derradeiros, de três rapsódias de um cantador — das quais uma já se perdera —, de uma mulher morta por engano — engano amortizado por tributos, conforme todas as regras —, do encerramento de homens das duas facções na *kullë* de enclausuramento, de um ensaio de pacificação que tinha fracassado na última hora, de concessões de *bessa* — da pequena e da grande —, de almoços fúnebres, de gritos — "Fulano, dos Berisha, atirou em sicrano, dos Kryeqyq", ou vice-versa —, de tochas, andanças pelo povoado, e assim por diante, até a tarde de 17 de março, em que chegara a vez de Gjorg ser tirado para a dança macabra.

Porque tudo havia começado setenta anos antes, naquela fria noite de outubro, quando alguém batera à porta da *kullë* dos Berisha. "Quem foi esse homem?", indagara o pequeno Gjorg ao ouvir pela primeira vez a história. A pergunta já fora repetida muitas vezes naquela casa, antes e depois disso, sem que ninguém jamais a tivesse respondido, pois ninguém chegara a saber quem tinha sido aquele homem. Às vezes Gjorg até duvidava de que alguém batera de fato à porta. Seria mais fácil acreditar nas batidas de um fantasma, do Destino em pessoa, do que nas de um viajante anônimo.

Depois de bater, o homem pedira abrigo por uma noite. O dono da casa, avô de Gjorg, abrira a porta e fizera o desconhecido entrar. Segundo o costume, deram-lhe um prato de comida e um leito. Na manhã seguinte, sempre conforme a praxe, um membro da família, irmão mais novo do avô, acompanhara o hóspede desconhecido até os limites da aldeia. Ali, mal se separaram, ouvira-se o estampido de um tiro, e o homem tombara, morto. Morrera bem na divisa das terras da aldeia, e como todos sabiam, "se acompanhas um *amigo** e ele é morto diante de teus olhos, a vendeta recai sobre ti. Se já se despediram e já voltaste as costas quando o *amigo* morreu, então estás livre da vendeta...". O irmão do avô já tinha se voltado quando o *amigo* foi morto, portanto a morte não recaía sobre ele. Mas o episódio não fora testemunhado. Era de manhãzinha, e não havia ninguém para atestar que quando o hóspede tombara seu acompanhante já lhe voltara as costas. Apesar disso, a palavra deste seria acatada, pois o *Kanun* confiava na palavra empenhada — e assim daria como certo que o acompanhante já se despedira e se afastava do hóspede no momento do atentado, caso não tivesse surgido um complicador: a direção em que o morto tombara. A comissão imediatamente formada para definir se a vingança pela morte do hóspede pesava ou não sobre os ombros dos Berisha examinou minuciosamente todo o caso e concluiu que a vingança recaía sobre os Berisha. O desconhecido caíra de bruços, com o rosto voltado para a aldeia. Logo, a família que o hospedara, que lhe dera comida e abrigo, que tinha a obrigação de defendê-lo até que deixasse as terras da aldeia, agora tinha por dever vingar sua morte.

* Aqui, o termo *amigo* (*mik*) diz respeito não à amizade como a entendemos usualmente, mas à complexa etiqueta da hospitalidade albanesa. Pode se referir, como no caso, a um desconhecido. (N. T.)

Os homens do clã dos Berisha regressaram soturnos da clareira onde a comissão trabalhara horas a fio em torno do cadáver, e só de olhar pela janela da *kullë* as mulheres compreenderam tudo. Pálidas como cera, escutaram o rápido relato deles e empalideceram ainda mais, porém de suas bocas não saíra nenhuma praga contra o hóspede desconhecido que trouxera a morte para sua casa. O *amigo* é sagrado. Desde a infância todos haviam aprendido que o lar do montanhês, antes de pertencer aos que o habitam, pertence a Deus e ao *amigo*.

No mesmo dia de outubro se soube quem atirara no viajante. O *gjaks* fora um rapaz da família dos Kryeqyq, e jurara a vítima de morte em razão de uma ofensa que lhe fora feita tempos antes num café, na presença de uma mulher, também ela desconhecida.

Desse modo, no fim daquele mesmo dia os Berisha se ergueram em vendeta contra os Kryeqyq. O clã de Gjorg, até então pacato, afinal fora colhido pelas grandes rodas dentadas do sangue. Quarenta e quatro mortes já haviam ocorrido, e ninguém sabia quantas mais ocorreriam — tudo por causa daquelas tolas batidas à porta numa noite de outono.

Nas horas solitárias, em que a mente se põe a trabalhar com liberdade, Gjorg muitas vezes tratara de imaginar como teria transcorrido a sua vida e a de todo o seu clã caso aquele hóspede retardatário não tivesse parado à porta deles, mas diante de outra porta, vizinha, mais à frente... Se houvesse um modo de apagar aquelas batidas... Então, oh (nesse ponto as fábulas ganhavam toda a naturalidade para Gjorg), então pesadas camadas de pedras se ergueriam de quarenta e quatro sepulturas. Quarenta e quatro mortos se levantariam, sacudiriam o barro da face e regressariam ao convívio dos vivos, e junto com eles viriam as crianças que não tinham chegado a nascer, depois os filhos destas, e assim por diante. Tudo teria sido diferente, diferente. E tudo teria sido assim se o desconhecido houvesse parado não exatamente em frente à porta deles mas alguns passos adiante. Apenas alguns... Mas ele parara precisamente ali — e ninguém poderia alterar esse fato, assim como ninguém poderia mexer na direção em que caíra o cadáver, e tampouco mudar o código do *Kanun* ancestral. Sem as batidas à porta, tudo teria sido diferente, a ponto de Gjorg se amedrontar em pensar nisso e tratar de se apaziguar dizendo que talvez tudo devesse ter sido justamente como tinha sido, que a vida fora do circuito da vendeta decerto seria mais tranquila, mas, sabe-se lá, talvez por isso mesmo viesse a ser ainda mais tediosa e fútil. Gjorg procurava recordar famílias que estavam fora da vendeta e não via nelas nenhum indício especial de felicidade. Até lhe parecia que, à margem das ameaças, elas não sabiam dar valor à vida. Já em sua casa, desde que a vendeta a penetrara, os dias e as estações tinham outro ritmo, certo frêmito interior, as pessoas aparentavam ser mais bonitas, os rapazes atraíam mais as moças. As duas freiras que pouco antes haviam passado por ele, por exemplo: assim que avistaram a tarja negra costurada em sua manga direita, indicando um homem envolvido numa dívida de sangue, passaram a olhá-lo com outros olhos. Mas o principal não era isso. O principal era o que transcorria no seu íntimo e que era a um só tempo belo e terrível. Nem ele mesmo saberia descrevê-lo. Tinha a impressão de que o coração saíra de seu peito, expandindo-se em todos os sentidos, e, assim aberto, deixava-se ferir facilmente, alegrava-se e se entristecia por qualquer coisa, ofendia-se, doía, enchia-se de felicidade ou de pena por coisas grandes e miúdas, até por aquela borboleta, aquela folha, a neve sem fim ou a chuva aborrecida daquele dia. Tudo o atingia de frente, mas a tudo ele suportava, e poderia suportar até mais, ainda que os céus desabassem sobre ele.

* * *

Continuava a chuviscar, mas as gotas haviam se espaçado, como se alguém tivesse podado as raízes das nuvens. Gjorg tinha certeza de já ter deixado sua província e entrado em outra. A paisagem era quase idêntica: montanhas, que se erguiam por trás dos ombros umas das outras como que possuídas por uma gélida curiosidade, e aldeias, que pareciam mudas. A um grupo de montanheses que passava ele perguntou se a *kullë* de Orosh estava longe e se o caminho para lá era aquele mesmo. Disseram que o caminho estava certo mas que ele devia apertar o passo se quisesse chegar antes do anoitecer. Enquanto falavam, repararam na tarja negra na manga dele e, aparentemente por causa da tarja, insistiram que devia andar depressa.

"Vou me apressar, vou me apressar", disse Gjorg consigo, admoestando-se. "Não se preocupem, antes que caia a noite estarei lá para pagar o tributo." E de fato apressara o passo, sem saber bem por quê, se em razão de sua ira súbita ou para atender aos viajantes.

Agora estava completamente sozinho na estrada, num estreito descampado, repleto de leitos secos de antigas torrentes que por motivos misteriosos já não corriam, nem mesmo num dia de tanta chuva. Tudo em volta era ermo e abandonado. Pensou escutar o estrondo de um trovão longínquo e ergueu a cabeça. Um avião solitário flutuava vagarosamente entre as nuvens. Por um bom tempo seguiu seu voo com os olhos, maravilhado. Ouvira falar que um avião de passageiros atravessava uma vez por semana uma província vizinha, ligando Tirana a um Estado estrangeiro, Europa adentro, porém jamais o vira.

Quando o aeroplano sumiu entre as nuvens, Gjorg sentiu o pescoço doer e só aí se deu conta de que acompanhara até o fim sua passagem pelo céu. O avião deixou atrás de si um grande vazio, e, a contragosto, Gjorg suspirou. De repente ele teve fome. Procurou um tronco de árvore ou uma pedra onde pudesse sentar para comer o pedaço de pão com queijo que trouxera, mas dos dois lados do caminho havia apenas o descampado com os rastros das antigas torrentes, nada mais. “Vou andar mais um pouco”, pensou.

Meia hora depois divisou ao longe o telhado de uma estalagem. Quase correu no trajeto até lá; parou por um momento no umbral da porta e entrou. Era uma construção ordinária, como todas as estalagens das montanhas, com o telhado muito inclinado para a neve não se acumular, com um grande aposento comum cheirando a palha, e sem tabuleta nem nome. Ao longo de uma comprida mesa de carvalho, cheia de marcas de queimaduras, em cima de bancos entalhados, também de carvalho, achavam-se alguns hóspedes. Dois deles tinham diante de si pratos de feijão e comiam com apetite. Outro segurava a cabeça entre as mãos, e seus olhos estavam perdidos nas tábuas da mesa.

Ao sentar num dos bancos, Gjorg sentiu o cano do fuzil bater no chão; tirou-o do ombro e o pôs entre os joelhos; depois fez deslizar sobre os ombros, com um movimento da cabeça, o capuz encharcado da sua capa. Percebeu a presença de outras pessoas às suas costas e só então reparou que havia mais montanheses, dos dois lados da escada que conduzia ao andar superior, sentados sobre peles negras de ovelha e alforjes de lã. Uns comiam pão de milho com queijo, apoiados na parede. Gjorg ia se levantando para como eles tirar do alforje seu próprio pão com queijo, quando o aroma do feijão lhe chegou às narinas e ele sentiu um desejo irresistível de comer feijão quente. O pai lhe dera um *lek*,* para algum imprevisto durante a viagem, mas Gjorg não tinha certeza se podia gastar a moeda ou se devia le-

* Unidade monetária albanesa, ainda hoje em uso. (N. T.)

vá-la intacta de volta. Entretanto, o estalajadeiro, que Gjorg não notara até então, apareceu diante dele.

"Vai para a *kullë* de Orosh? E de onde veio?"

"De Brezftoht."

"Então deve estar com fome. Quer alguma coisa?"

Era um estalajadeiro magro e um pouco torto, "sem dúvida um espertalhão", pensou Gjorg, pois ao dizer "Quer alguma coisa?", em vez de fitá-lo nos olhos, espiava a tarja negra da manga, como quem diz: "Se você vai pagar quinhentos *groshë* pela morte que causou, não custa nada deixar um ou dois na minha estalagem".

"Quer alguma coisa?", repetiu o outro, desviando por fim os olhos da manga de Gjorg, porém voltando-os não para o seu rosto, e sim para um ponto do lado contrário.

"Um prato de feijão", disse Gjorg. "Quanto custa? O pão eu tenho."

Sentiu-se enrubescer, mas tinha que fazer a pergunta. Por nada no mundo tocaria no dinheiro do tributo.

"Vinte *qindarka*",* disse o estalajadeiro.

O viajante respirou aliviado. O outro lhe deu as costas, e quando retornou com o prato na mão e o pôs na mesa, deixou ver que era vesgo. Para esquecer tudo o mais, Gjorg se curvou sobre o prato e começou a comer rapidamente.

"Quer um café?", indagou o estalajadeiro quando voltou para apanhar o prato vazio.

Gjorg o encarou, um tanto confuso. Seus olhos pareciam dizer: "Não se preocupe com o café, estalajadeiro; de fato, tenho quinhentos *groshë* na bolsa, mas prefiro entregar a cabeça (meu Deus, pois é exatamente o que minha cabeça vai custar dentro de... trinta dias, não, nem trinta, dentro de vinte e oito dias),

* Centavos de *lek*. (N. T.)

prefiro entregar a cabeça antes da hora... a tirar um *groshë* da bolsa da *kullë* de Orosh". Mas o outro já lhe adivinhara o pensamento e acrescentou: "É barato, dez *qindarka*".

Gjorg aquiesceu com a cabeça, um tanto impaciente. O estalajadeiro, movimentando-se desajeitadamente entre os bancos, tirou algumas coisas da mesa, trouxe outras, depois desapareceu mais uma vez, para afinal voltar trazendo a xícara de café.

Gjorg ainda sorvia o café quando um pequeno grupo de homens surgiu na entrada da estalagem. Pelo sobressalto que sua aparição causou, pelo modo como as cabeças se voltaram e o estalajadeiro troncho correu para eles, compreendeu que os recém-chegados deviam ser gente conhecida. Um deles, no meio do grupo, era baixo e tinha o rosto branco e frio. Atrás vinha outro, estranhamente vestido à moda da cidade, com um paletó xadrez e culotes enfiados nas botas. O terceiro exibia uma expressão arrogante que lhe arredondava as feições e umedecia os olhos. Logo se via, no entanto, que a atenção de todos se concentrava no homem baixo.

"Ali Binak! Ali Binak!", ouviu exclamarem em volta. Ele próprio arregalou os olhos, não acreditando que pudesse estar sob o mesmo teto que o célebre exegeta do *Kanun*, cujo nome conhecia desde menino.

O estalajadeiro conduziu desengonçadamente o grupo para um aposento vizinho, por certo reservado aos clientes especiais.

O homem baixo deixou escapar uma saudação geral e, sem olhar para os lados, seguiu o estalajadeiro. Era evidente que tinha plena consciência de sua fama, ainda que, surpreendentemente, não aparentasse a ostentação tão habitual entre os baixinhos famosos. Pelo contrário, exibia nos gestos, nas feições e em particular nos olhos uma tranquila fadiga.

Os recém-chegados haviam desaparecido no aposento ao lado, mas os murmúrios sobre eles prosseguiam. Gjorg terminara o café; embora soubesse que seu tempo era curto, sentiu vontade de ficar para ouvir os comentários. Por que Ali Binak estaria ali? Com certeza para tratar de algum caso complicado. Todos sabiam que era somente disso que ele se ocupava. Chamavam-no, de província em província e de *flamur* em *flamur*, para opinar nos julgamentos mais difíceis, em que os anciãos se dividiam quanto à interpretação do *Kanun*. Entre centenas de intérpretes do *Kanun*, por todo o infindável Rrafsh montanhês, haveria talvez dez ou doze com a fama de Ali Binak. Portanto, ele não tratava de questiúnculas. Daquela vez, diziam, vinha para acertar uma questão de divisas a ser arbitrada no dia seguinte num *flamur* vizinho. E o outro, o dos olhos claros, quem seria? De fato, quem seria o outro? Dizia-se que era um médico, a quem Ali Binak convocava frequentemente em casos específicos, sobretudo quando era preciso contar os ferimentos a ser indenizados. Mas então, se ele estava ali, era porque Ali Binak não viera para resolver uma questão de divisas, e sim por outro motivo, pois se sabia que um médico não tinha nada a fazer numa questão de divisas. Talvez tivessem entendido errado o motivo da vinda dele. Uns diziam que na verdade ele viera tratar de outro caso, complicadíssimo, ocorrido dias antes num povoado além da chapada. Durante um tiroteio, uma mulher fora vítima de uma bala perdida e morrera. Ela estava grávida de um menino, como se verificara ao retirar o feto. Ao que parecia, o conselho de anciãos da aldeia não sabia decidir sobre quem recaía o sangue da criança. Era possível que Ali Binak tivesse vindo especialmente para esse julgamento.

"Mas e o outro, o das roupas esquisitas, quem é?", perguntavam. E sempre havia alguém que sabia a resposta. Era um tipo de funcionário que media terras, aquilo tinha até um nome, um nome danado, terminado em *sor*: a... agri... agri... era isso, agrimensor.

Mas então, se aquele tal agrimensor viera... era porque se tratava de um problema de divisas mesmo.

Gjorg tinha vontade de ouvir mais, adivinhava que outras histórias viriam à baila na estalagem, mas se ficasse, um pouco que fosse, não chegaria à *kullë* antes do anoitecer. Ergueu-se de um impulso, para não dar chance a vacilações, e se preparou para partir, lembrando na última hora de perguntar o caminho.

"Vá direto pela Estrada Grande", disse o estalajadeiro. "Quando chega no Cemitério dos Krushq, a estrada se divide: preste atenção e vá pela direita, não pela esquerda. Entendeu? Pela direita, nunca pela esquerda!"

Quando Gjorg saiu, a chuva diminuíra ainda mais, porém o ar estava extremamente úmido. O dia continuava feio, e assim como não se consegue descobrir a idade de certas mulheres, seria impossível dizer que horas eram.

Gjorg caminhava tentando não pensar em nada. A estrada se estendia, interminável, por uma cascalheira de um tom cinzento. Quando ele deu com alguns túmulos em ruínas, disse consigo que ali devia ser o Cemitério dos Krushq, mas a estrada não se bifurcava, e Gjorg achou que o cemitério ficava mais adiante. De fato, depois de um tempo surgiram as sepulturas, tão malcuidadas como as primeiras, todavia mais tristes, inteiramente cobertas de musgo. Ao passar por elas, por pouco não concluiu que a caravana dos *krushq* com que cruzara de manhã tinha dado meia-volta para ir se enterrar naquelas covas, sua morada eterna.

Seguiu pela direita, como aconselhara o estalajadeiro, e ao se afastar, a custo se conteve para não volver a cabeça e espiar outra vez as velhas tumbas. Andou um trecho sem pensar em nada, experimentando uma assombrosa sensação de identidade com as corcovas dos montes e o nevoeiro que se contorcia numa lenta onda ao seu redor. Nem saberia dizer quanto havia durado aquela caminhada entorpecida. Desejaria que não tivesse fim, mas deu com algo que logo o arrancou da rocha e da bruma: uma habitação em ruínas.

Ao se dirigir até ela, observou de soslaio o amontoado de pedras cujos sinais de incêndio a chuva e o vento tinham apagado fazia tempo, pintando o lugar de um cinza doentio; essa visão parecia ajudar a libertar um soluço havia muito retido em sua garganta.

Andou e andou, fitando obliquamente os escombros, mas súbito transpôs de um salto a vala à margem do caminho, e em dois ou três passos estava diante das pedras. Ficou um instante imóvel, em seguida — como um homem que depara com um cadáver e tenta entender como e por quem ele foi abatido — deu mais uns poucos passos, até um dos cantos da casa. Agachou-se, afastou com o pé algumas pedras, observou os outros cantos, e ao ver que as pedras dos quatro pilares estavam por terra, deduziu que se encontrava no que fora a moradia de um violador da palavra empenhada. Ouvira dizer que assim se destruíam, depois de pôr fogo nelas, as casas onde se cometia a pior violação do *Kanun*: a traição ao hóspede, quebrando a *bessa*.

Lembrou como, anos antes, uma felonia assim fora punida em sua aldeia. Todos os aldeões fuzilaram o assassino, julgado indigno de uma vendeta. A casa onde tinha ocorrido a traição fora incendiada, embora seus moradores não houvessem tido culpa. O próprio chefe de família fora o primeiro a jogar tochas nela e a golpeá-la com o machado, gritando: "Possa eu expiar meu pecado perante a aldeia e o *flamur*!". Todos os aldeões o seguiam, tochas e machados em punho. Depois do episódio, por anos a fio, tudo o que se oferecia ao dono da casa se oferecia com a mão esquerda, e passando-a por baixo de um joelho, a lembrá-lo de que ele devia vingar a morte do hóspede. Pois se sabia que a morte do pai, do irmão e até dos filhos pequenos podia ser perdoada, porém a do hóspede jamais.

"Que perfídia pode ter acontecido aqui?", pensou Gjorg, empurrando algumas pedras com o pé. Elas rolaram, produzindo um barulho surdo. Gjorg olhou em volta, em busca das outras casas da aldeia, mas não viu nada, apenas outra ruína, vinte passos à frente. O que será? Sem saber bem por quê, correu até ela, verificou seus cantos e constatou a mesma coisa: em todos eles, as pedras dos alicerces haviam sido arrancadas. Seria possível que tivessem castigado uma aldeia inteira? Ao topar, adiante, com uma terceira ruína, convenceu-se de que fora isso que ocorrera. Já ouvira falar, anos antes, de um povoado de violadores de *bessa* punido pelo *flamur*, numa província distante. Tinham matado um intermediário durante uma disputa de limites entre duas aldeias. O *flamur* atribuíra à aldeia onde o mataram a responsabilidade pela vendeta, e como os aldeões não se preocuparam em consumar a vingança, deliberara a destruição do povoado.

Com passos leves, Gjorg vagueou como uma sombra, demoradamente, de ruína em ruína. Quem teria sido aquele homem que arrastara um povoado inteiro em sua morte? Reinava nos escombros uma dolorosa opressão. Um pássaro noturno emitiu o seu canto: "or, or". Gjorg se deu conta de que se atrasara e buscou com os olhos o leito da Estrada Grande. O piar do pássaro se fez ouvir de novo, bem longe, enquanto ele se indagava outra vez quem teria sido a pessoa morta a traição naquela aldeia desgraçada. O pássaro voltou a fazer "or, or", parecendo responder, e o piar soava um pouco como seu nome — "Gjorg, Gjorg". Ele sorriu — "Estou ouvindo coisas" — e se pôs a caminho.

Já na estrada, como que para afastar a sensação de peso deixada pela aldeia destruída, tratou de rememorar as punições mais leves do *Kanun*. A violação dos privilégios de um hóspede era rara; assim, também eram incomuns os incêndios de casas e mais ainda o aniquilamento de aldeias inteiras. Recordou que faltas menos graves acarretavam como pena a servidão.

Gjorg sentia seus passos se apressarem na mesma medida em que os castigos afluíam, como se dessa maneira pudesse escapar deles. Havia todo tipo de punições. O isolamento, ou *lëçijta*, como rezava o *Kanun*, em que a pessoa era afastada para sempre do convívio de todos, excluída dos funerais, dos casamentos e do direito de tomar farinha emprestada. O impedimento de cultivar as próprias terras, combinado com a derrubada das árvores do pomar. A imposição de jejuns, extensivos à família. A proibição por uma ou duas semanas do porte de armas, nas mãos e na cintura. O acorrentamento e a prisão dentro de casa. A destituição do dono ou da dona da casa de seu poder sobre a família.

De todas elas, ele só experimentara a prisão. Cometera a falta durante um casamento, e o pai, depois de ouvir suas explicações, dera imediatamente o veredicto: "Duas semanas de prisão".

A irmã levava pão e água uma vez por dia, ao anoitecer, junto com a lamparina. No último dia, quando lhe disseram que estava livre, subiu de cabeça baixa as escadas do porão. A mãe o esperava e o abraçara com saudade, como se ele tivesse voltado do exílio. Já o pai dissera friamente: "Saia pela aldeia, para o povo saber que está livre".

Ele saíra, coberto de vergonha. Era domingo, os sinos da igreja tocavam, e as pessoas lhe perguntavam a cada passo: "Já o soltaram, Gjorg?". No início ficava extremamente encabulado, mas quando encontrou os companheiros, e sobretudo quando notou, à porta da igreja, que as moças olhavam para ele de outro modo, sentiu-se mais feliz do que nunca.

Dias depois, quando o pai o chamara ao andar superior para conversarem a sós, de homem para homem, ele deduziu que o encarceramento não fora casual. Era uma manhã luminosa, o sol e a neve recente doíam nos olhos, tudo se achava claro e refulgente, como se o mundo inteiro de súbito pudesse escorregar e se estilhaçar em milhões de pedaços, vítima da sua cristalina loucura. Precisamente naquela manhã o pai lhe recordara suas obrigações. Gjorg, de pé ao lado da janela, ouvira-o falar do sangue. O mundo inteiro se ensanguentara, a alva neve se tingia de encarnado, as manchas cresciam e a tudo maculavam. Mais tarde ele compreendera que a vermelhidão vinha de seus olhos. Ouvira o pai de cabeça baixa, sem dizer nada. E nos dias que se seguiram, enumerava inconscientemente os castigos que incidiam sobre aqueles que não obedeciam à família. Não ousava confessar nem a si mesmo que não tinha vontade de matar. O ódio aos Kryeqyq, que o pai havia tentado acender naquela manhã de janeiro, dava a impressão de se apagar com a luz do dia. Gjorg não chegara a perceber que se as chamas do ódio não se expandiam, era porque o próprio incendiário, o pai, possuía a frieza do gelo. Ao que parecia, a ira fora esfriando no curso dos anos da longa vendeta, ou jamais existira.

Na última conversa sobre a questão do sangue, a voz do pai se revelara mais soturna. Também então era um dia extraordinário, um dia úmido, mas de uma umidade pobre, sem chuva, sem neblina sequer, para não falar de relâmpagos, que seriam um luxo inconcebível. Gjorg procurara evitar o olhar do pai, porém por fim foi como se seus olhos tivessem caído numa armadilha.

"Veja a camisa", dissera o pai, indicando com a cabeça a camisa pendurada na parede em frente.

Gjorg se voltara para ela. Tivera a sensação de que as veias do seu pescoço enferrujavam.

"O sangue está amarelando nela", dissera o pai. "O morto pede vingança."

As manchas com efeito amarelavam na camisa. Mais que amarelar, adquiriam uma cor de ferrugem, como a da primeira água que sai de uma torneira há muito tempo sem uso.

"Você está demorando demais", insistira o pai. "A nossa honra, mas sobretudo a sua..."

"Dois dedos de honra Nosso Senhor marcou na flor de nossa fronte." Nas semanas seguintes Gjorg remoera centenas e centenas de vezes o velho ditado que o pai citara naquele dia. "Podes lavar ou sujar tua face. És livre para sustentares tua hombridade ou para te infamares."

"Sou livre?", indagara-se mais tarde, ao subir sozinho ao último andar da *kullë* para pensar. Os castigos que o pai podia lhe aplicar por um ou outro motivo não eram nada diante do perigo de perder a honra.

"Dois dedos de honra na fronte..." Ele levava a mão à testa, como se buscasse o lugar onde estaria sua honradez. Por que justamente ali? Era uma frase que corria de boca em boca mas que ele nunca engolira. Agora compreendera seu verdadeiro sentido: a honra tinha sua moradia na flor da fronte, portanto no centro da fronte, pois aquele era o ponto onde a bala devia penetrar. "Bonito tiro", diziam os velhos quando alguém atirava de frente no inimigo e o acertava na cabeça. Ou: "Tiro feio, de algodão", se a bala atingia o ventre, os membros ou as costas.

Sempre que Gjorg subia ao andar superior para ver a camisa de Mëhill, sentia a testa arder. As manchas de sangue cada vez enferrujavam mais, chegaria o dia em que amarelariam de todo. Então as pessoas poderiam começar a lhe servir a xícara de café com a mão esquerda, passando-a sob o joelho. E isso significaria que, para o *Kanun*, ele estaria morto.

Todos os caminhos se fechariam para ele. Nem o enfrentamento do castigo nem nenhum outro sacrifício o salvariam. O café servido sob o joelho, que o aterrorizava mais que qualquer outra coisa, espreitava-o de algum lugar do futuro. Todas as portas, exceto uma, estavam fechadas para ele. "A vergonha só tem saída no *Kanun*", rezava um dito. A única porta aberta para ele era matar alguém do clã dos Kryeqyq. E assim, na primavera do ano anterior, logo que os brotos surgiram nos troncos, ele decidira armar a tocaia.

Toda a sua casa revivera. O silêncio que reinava antes se enchera de música. Até os muros em volta pareciam menos austeros.

Ele teria matado o outro desde então, e agora estaria tranquilo, encerrado na *kullë* de enclausuramento ou, ainda mais tranquilo, debaixo da terra, não tivesse havido um imprevisto. Uma tia deles viera inesperadamente de um povoado longínquo onde vivia com o marido. Inquieta e aflita, atravessara sete montanhas e sete vales para deter o derramamento de sangue: "Gjorg é o último homem da família depois do pai", dissera. "Vão matar Gjorg, depois vai morrer um Kryeqyq, depois será a vez do pai, e a família dos Berisha se acabará. Não façam uma coisa dessas, peçam paz aos Kryeqyq."

No início nem queriam ouvi-la, depois se calavam enquanto ela falava, por fim chegou uma hora em que não concordavam com ela mas também não discordavam. Estavam apenas cansados. A tia, porém, era incansável: dia após dia e noite após noite, hospedando-se ora numa *kullë*, ora noutra, entre primos e irmãos, afinal conseguiu o que queria: depois de setenta anos de mortes e luto, os Berisha decidiram solicitar aos Kryeqyq a pacificação da vendeta.

O pedido de pacificação da vendeta, raríssimo naquelas montanhas, dera o que falar na aldeia e até no *flamur*. Tudo fora feito escrupulosamente segundo as regras. Os emissários da paz, chamados “donos do sangue”, tendo à frente o padre Nikë Prela, mais alguns amigos da família, dirigiram-se à casa do *gjaks* — no caso, a dos Kryeqyq — para a refeição do resgate do sangue. Conforme exigia o *Kanun*, comeram junto com o matador e definiram o preço do sangue, a ser pago pelos Kryeqyq. Só faltava o pai de Gjorg, no caso o “dono do sangue”, gravar com martelo e cinzel uma cruz na porta do matador, trocar com este uma gota de sangue e ambos se declararem para sempre reconciliados. Todavia, nada disso jamais ocorrera, pois um velho tio pusera tudo a perder. Tinha acontecido depois da refeição conciliatória, quando os moradores da *kullë* percorriam cada aposento e batiam os pés no chão, para indicar que a sombra do sangue seria expulsa de todos os cantos da casa. Repentinamente, o tio de Gjorg gritara: “Não!”. Era um velho sossegado, que nunca se destacara no clã, a última pessoa de quem se esperaria uma atitude daquelas. Todos ficaram paralisados, seus olhos, seu pescoço, e também suas pernas, que erguidas para golpear as tábuas do soalho, baixaram suaves como algodão. Então o padre Nikë, emissário principal da pacificação, fizera um gesto com a mão e sentenciara: “A vendeta continua”.

Gjorg, que durante esse tempo permanecera afastado, voltou a concentrar as atenções. Tomado outra vez pela velha angústia, de que escapara temporariamente, agora experimentava junto com ela uma espécie de contentamento, quem sabe pela reconquista das atenções. Passara a julgar difícil dizer qual a vida mais atraente — a do sossego, recoberta pelo pó do esquecimento e à margem da máquina do sangue, ou a outra, perigosa mas que um lampejo enlutado percorria de alto a baixo como um fio luminoso. Provara das duas, e naquele momento, se lhe dissessem “escolha uma”, com certeza ficaria em dúvida. Talvez fossem necessários anos para que ele aprendesse a vida em paz, tantos quanto os que gastara para se adaptar à ausência dela. O mecanismo da vendeta, mesmo ao libertar alguém, mantinha seu espírito prisioneiro.

Nos dias que se seguiram ao fracasso da pacificação, quando as nuvens do perigo obscureceram de novo o seu céu, Gjorg começara a treinar a pontaria, pensando que em breve teria que se tornar um *dorërasë** — denominação do *Kanun* para os que atiram para matar. Os *dorërasë* eram um tipo de vanguarda do clã: eles é que matavam, mas eram eles também os primeiros a tombar no decorrer da vendeta. Quando chegava a hora de o clã inimigo se vingar, já se sabia que ele daria preferência a um *dorërasë*. Só caso isso fosse impossível iria matar um outro. Durante os setenta anos de hostilidades contra os Kryeqyq, a família dos Berisha tinha tido vinte e dois *dorërasë*, a maioria dos quais morrera assassinada por armas de fogo. Gjorg sabia bem que os *dorërasë* eram a flor de um clã, sua medula e sua memória. Muitas coisas são esquecidas com o correr das gerações, pessoas e acontecimentos terminam cobertos pelo pó; apenas os *dorërasë* jamais são olvidados, e ficam chamejando como pequenas tochas inextinguíveis sobre os túmulos do clã.

O verão chegara e se fora, curto como nenhum outro. Os Berisha se apressaram na conclusão das tarefas na lavoura, a fim de poderem se fortificar na *kullë*. Gjorg sentia uma tristeza tranquila, um estado de alma como o que precede o noivado.

No fim do segundo outono ele tinha atirado em Zef dos Kryeqyq, mas não o matara; só o ferira no pescoço. Os clínicos do *Kanun*, entendidos na definição das multas que deviam ser pagas em tais casos, dirigiram-se à aldeia. Como o ferimento fora na cabeça, estimaram a multa em três bolsas de *groshë*, ou o equivalente a meia vendeta. Isso significava que os Berisha

* Literalmente, "a mão do golpe". (N. T.)

poderiam escolher: ou pagavam a multa, ou consideravam o ferimento como metade da vendeta; nesse último caso, não teriam mais o direito de matar um dos Kryeqyq, já que metade da dívida de sangue fora saldada. Teriam somente o direito de ferir alguém.

Os Berisha não quiseram aceitar o ferimento como meia vendeta. Embora a multa fosse pesada, reuniram parte de suas economias e a entregaram, para que a contabilidade do sangue permanecesse impecável.

Enquanto durara a questão da multa sobre o ferimento, os olhos do pai de Gjorg pareciam velados. Mais que indignação, neles havia desprezo e amargor. Era como se dissessem ao filho: "Já não bastava ter prolongado tanto a vendeta, agora também acaba com as economias da casa".

Gjorg se sentia cada vez mais culpado. As refeições, que nunca tinham sido abundantes, minguaram. Como se de propósito, o pai dava a colher primeiro a Gjorg, para que se servisse, e a comida parava em sua garganta.

Enquanto isso, a abastança dos Kryeqyq era notória. Com o dinheiro da multa, compraram um cavalo e duas cabras, cujos chocalhos entravam pelos ouvidos de Gjorg a cada amanhecer.

Depois da multa viera uma fase de apatia. A vida parecia marcar passo. Zef, ferido por Gjorg, havia ficado um bom tempo em casa. Diziam que a bala atingira o seu maxilar e a ferida arruinara. O inverno fora mais longo e aborrecido do que nunca. Sobre a bem-comportada camada de neve (diziam os velhos que era raro ver uma neve tão tranquila, sem provocar nenhuma avalanche), assobiava de leve um vento igualmente imutável. Zef dos Kryeqyq, única referência da vida de Gjorg, continuava de cama; assim, Gjorg se sentia como um desempregado, vagando à toa pela vizinhança.

O inverno realmente dava a impressão de não ter fim. E no mesmo período em que o ferido estava se recuperando, Gjorg adoecera. Não havia dúvida de que ele suportaria qualquer sacrifício para não ficar acamado, sem cumprir com seu dever, mas isso não era possível. Amarelo como cera, ainda tinha se aguentado um pouco em pé, porém depois caíra de cama. Permanecera dois meses assim, meio vivo, meio morto, enquanto Zef dos Kryeqyq, aproveitando aquela prostração, começara a andar livremente pela aldeia. Do lugar onde estava sua cama, no segundo andar da *kullë*, Gjorg contemplava o fragmento de paisagem que a janela permitia ver, e quase não pensava. Dormia por horas e horas, voltava a si, depois adormecia de novo. Além da janela estava o mundo, embranquecido pela neve, um mundo a que nada o ligava, exceto a morte de um homem. Fazia tempo que se tornara um estranho naquele mundo, quase uma excrescência. Se alguém o esperava lá fora, era apenas para ser morto.

Fitava horas a fio o alvo espaço nevado, com algum desprezo, como se dissesse: "Já vou, já vou, derramar esse tanto de sangue". E o assunto o ocupava de tal maneira que em certas ocasiões ele tinha a sensação de ver pequenas nódoas vermelhas abrindo caminho em meio à imensidão branca.

Nos primeiros dias de março se sentira um pouco melhor, e uma semana depois havia deixado o leito. Ainda tinha as pernas trêmulas quando saíra de casa, exaurido pela doença, o rosto branco como papel. Ninguém pensava que armaria a tocaia. Talvez por isso, porque confiava na doença de seu matador, Zef dos Kryeqyq fora apanhado de surpresa.

A chuva diminuía a tal ponto que parecia que iria parar, mas voltava a apertar em seguida. Já devia ser de tarde, e Gjorg sentia as pernas dormentes. O dia continuava o mesmo, cinzento: apenas a província era outra. Gjorg descobrira isso graças aos trajes diferentes dos montanheses com quem cruzava agora. Os povoados se distanciavam mais e mais da Estrada Grande. Lá longe, entrevia-se às vezes o brilho pálido do bronze de um sino. Depois, era de novo o deserto, por quilômetros inteiros.

Gjorg andava meio às tontas, com a confusa esperança de que suas pernas o guiariam até a *kullë* de Orosh. Certa vez lhe informaram que ele já estava perto, porém adiante, quando esperava estar chegando, disseram-lhe que ainda se achava longe. Nas duas ocasiões, os informantes apontaram para a mesma direção, onde se via somente o nevoeiro.

Por duas ou três vezes Gjorg julgou que anoitecia, mas não: a mesma tarde sem fim não cessava de se arrastar. Os povoados continuavam a se distanciar da estrada, como se quisessem se esconder, dela e do mundo inteiro. Ele perguntou outra vez pela *kullë* a um viajante, o qual disse que estava perto e lhe apontou a direção.

"Dá para chegar antes do anoitecer?"

"Acho que sim", disse o montanhês. "No final da tarde."

Gjorg retomou a caminhada. Sentia-se completamente exausto e estava a ponto de acreditar que a noite se demorava só para ele não chegar à *kullë*, ou, ao contrário, que a distância da *kullë* mantinha a noite suspensa, não a deixando cair sobre a terra.

Uma vez pensou distinguir os contornos da *kullë* em meio à névoa, mas a construção sombria era apenas um convento de freiras, igual ao que ele vira na manhã daquele longo dia. Depois de andar outro trecho, teve de novo a sensação de se aproximar de uma torre, até acreditou enxergá-la claramente, enfim, encimando uma subida; no entanto, quando caminhou um pouco mais, constatou que não era a *kullë* de Orosh, nem construção nenhuma, mas simplesmente um fiapo de neblina um pouco mais escuro que os outros.

A esperança de alcançar afinal a *kullë* ruiu de vez quando ele voltou a se encontrar sozinho na estrada. O descampado se estendia dos dois lados e ficava ainda mais vasto por causa de alguns arbustos silvestres de aspecto mal-intencionado. "O que será isso?", pensou. "Agora já não vejo povoados, nem perto nem longe da estrada, e o pior é que acho que nunca mais os verei."

Enquanto andava, ele erguia vez por outra a cabeça em busca da *kullë* no horizonte. Num certo momento julgou vê-la, mas já não botou fé. Desde a infância ouvira falarem da *kullë* principesca que fazia séculos velava atenta a observância do *Kanun*. Imaginara-a de diversas maneiras, porém sempre com contornos fabulosos, meio ruína, meio dragão. Os moradores do Rrafsh a chamavam simplesmente Orosh, mas quando contavam sobre ela, era impossível concebê-la. Mesmo agora, nesse momento em que Gjorg a avistava ao longe, ainda sem crer que fosse ela, não havia como distinguir suas formas. No nevoeiro, seu perfil não parecia nem alto nem baixo, talvez extenso, quem sabe um bloco compacto. Mais tarde Gjorg percebeu que aquilo ocorria porque a estrada dava muitas voltas, mudando o seu ponto de vista. Contudo, nem quando se aproximou da edificação as coisas ficaram mais claras. Estava quase certo de ser a *kullë*, e ao mesmo tempo certo de não ser ela. Uma hora via um telhado sobre várias construções, outra uma construção sob vários telhados. Quanto mais se aproximava, mais as aparências o enganavam. Agora, divisava uma torre principal no centro de algumas *kullë*, que não passavam de extensões em torno dela. Andou ainda um pouco, e a torre principal sumiu, deixando apenas as extensões. Até estas começaram a se dispersar, e um pouco mais de perto ele reparou que não se tratava de *kullë*, e sim de moradias, talvez nem isso, já que se assemelhavam a celas de um mosteiro. Não se via vivalma. "Terei errado o caminho?", murmurou, mas nesse instante alguém surgiu na sua frente.

"O tributo da morte?", indagou o homem, examinando furtivamente a manga direita de Gjorg. E sem esperar pela resposta, apontou uma das galerias.

Gjorg seguiu naquela direção. Sentia que suas pernas estavam a ponto de ceder. Diante dele havia uma porta de madeira, antiquíssima. Voltou-se para perguntar ao homem se devia entrar por ali, mas o sujeito desaparecera. Fitou por algum tempo a porta, antes de se decidir a bater. A madeira estava toda carcomida, e entre seus sulcos se via toda sorte de cabeças de prego e pedaços de ferro encravados às cegas, na maioria tortos e sem nenhuma função. Aquelas velharias tinham se integrado à madeira antiga, como ocorre com as unhas nas mãos de alguns anciãos.

Gjorg ergueu a mão para bater, e então reparou que a porta, embora crivada de ferros, não tinha aldrava. Tampouco possuía vestígio de fechadura. Só nesse momento ele notou que a porta não estava inteiramente fechada. E fez uma coisa que jamais fizera em toda a sua existência: empurrou a porta sem antes gritar "ó de casa".

Lá dentro reinava a penumbra. No início Gjorg achou que a sala estava vazia, depois reparou num fogo aceso no canto. Era um fogo triste: a lenha, molhada, fazia mais fumaça que flama. Antes de chamar por alguém, sentiu o cheiro da lã úmida de albornozes, e em seguida distinguiu os homens que os trajavam, sentados em bancos de madeira ou acocorados nos cantos.

Agachou-se também num canto, pondo o fuzil entre os joelhos. Seus olhos aos poucos se acostumavam à semiobscuridade. A fumaça acre o sufocava. Já podia enxergar tarjas negras nas mangas dos presentes e compreendeu que, como ele, todos eram portadores de tributos da morte. Contou quatro ao todo. Pouco depois notou que eram cinco. Mas não passou muito tempo, descobriu que eram quatro mesmo. O quinto, que no início ele não tinha visto e depois contara como um homem, era na verdade um tronco, apoiado, sabe-se lá por quê, no canto mais escuro da sala.

"De onde você é?", indagou o sujeito mais próximo dele.

Gjorg disse seu nome e o de sua aldeia.

Lá fora a noite caíra. Gjorg teve a sensação de que havia caído subitamente, logo que ele ultrapassara o batente da porta — como uma ruína que desmorona atrás de alguém assim que ele deixa a sua sombra.

"Você não veio de tão longe", disse o homem. "Eu tive que caminhar dois dias sem parar."

Gjorg não sabia o que dizer.

Alguém entrou, empurrando a porta, que rangeu. Trazia nos braços um feixe de lenha e o atirou no fogo. As achas estavam ainda mais molhadas que as outras, e a luz bruxuleante se apagou. Mas em seguida o homem, um corcunda, acendeu uma lamparina de querosene e a pendurou num dos muitos pregos cravados na parede. A claridade amarelada da luminária, amortecida pela fuligem que cobria o vidro, tentou em vão alcançar os cantos mais distantes da sala.

Ninguém falava. O homem da lenha saiu, e entrou outro. Assemelhava-se ao primeiro, apenas não trazia nada nas mãos. Correu os olhos por todos, dando a impressão de que os contava (chegou a olhar duas ou três vezes para o tronco, como que para se certificar de que não se tratava de gente), e saiu. Logo depois voltou com uma gamela na mão. Atrás dele vinha outro, trazendo algumas tigelas de madeira e dois pães de milho. Foi pondo diante de cada um uma tigela e um pedaço de pão, enquanto o primeiro despejava sopa de feijão nas tigelas.

"Você tem sorte", disse o vizinho de Gjorg. "Chegou na hora. Senão, ficaria sem comer até amanhã no almoço."

"Eu tinha um pouco de pão com queijo."

"Para quê?", perguntou o outro. "A *kullë* fornece duas refeições por dia para quem vem pagar o tributo da morte."

"Não sabia", respondeu Gjorg, enfiando um pedaço grande de pão na boca. O pão de milho estava duro, mas ele tinha fome.

Gjorg sentiu um objeto metálico cair em seu colo. Era a caixa de tabaco do vizinho.

"Enrole um cigarro", disse o outro.

"Quanto tempo faz que você está esperando?", perguntou Gjorg.

"Desde o meio-dia."

Gjorg não disse nada, mas o outro adivinhou seu espanto.

"Por que se admira? Tem gente esperando desde ontem."

"É? Pois eu pensava que entregaria o dinheiro hoje e amanhã voltaria para a minha terra."

"Não, não. Sorte sua se isso acontecer amanhã de noitinha. Do contrário, você pode esperar dois dias, até três."

"Até três? Como é possível?"

"A *kullë* nunca tem pressa de receber o dinheiro do sangue."

Gjorg gostaria de dizer: "Mas meu pai estava com medo que eu não pagasse hoje", mas o outro continuou: "Você tem que vir logo depois de matar. Agora, o dia em que a *kullë* vai aceitar o tributo, já é problema dela".

A porta rangeu, e o sujeito que trouxera a gamela entrou outra vez. Reuniu as tigelas, de passagem atiçou o fogo e saiu. Gjorg o seguiu com os olhos.

"Esses aí são empregados do príncipe?", indagou em voz baixa ao vizinho.

O outro deu de ombros.

"Não sei dizer. Até onde eu entendi, são meio primos, meio empregados."

"É?"

"Você viu as construções aqui em volta? Nelas moram muitas famílias que têm laços de clã com o capitão. Assim, são primos dele, mas são ao mesmo tempo guardas e funcionários. Reparou nas roupas deles? Não são nem de montanheses nem de citadinos."

"Tem razão."

"Enrole mais um cigarro."

"Obrigado! Fumo muito pouco..."

"Quando aconteceu?"

"Anteontem."

"Quando aconteceu..." Repetida em voz baixa, a pergunta subitamente revelou que poderia se referir ao término da construção de uma casa, a um casamento ou ao nascimento do primeiro filho.

Nunca fizera nada daquilo, só construíra uma morte, sua única propriedade neste mundo.

Suas mãos apertaram com força o cabo frio da arma.

Ouvia-se a chuva caindo lá fora.

"Esse inverno não quer acabar."

"É", concordou Gjorg. "Foi muito demorado."

Longe, nas profundezas da edificação, talvez na própria torre principal, ouviu-se o ranger de uma porta. Era um portal pesado, abrindo-se ou se fechando com um chiado que se prolongou por um bom tempo. Depois dele se ouviu o grito de um pássaro, que também poderia ser o brado de uma sentinela, uma saudação ou uma despedida. Gjorg se agachou ainda mais no seu canto. Apesar de tudo, não queria acreditar que estava em Orosh.

* * *

O rangido da porta ia e vinha em seu cochilo. Pela terceira vez Gjorg abriu os olhos e viu o corcunda carregando uma braçada de lenha, jogando as achas no fogo e avivando a luz da lamparina. A madeira pingava água, indicando que lá fora a chuva continuava.

À luz da lamparina, Gjorg reparou que ninguém dormia. Ele sentia calafrios na espinha, mas qualquer coisa o impedia de se aproximar do fogo. Além do mais, logo se notava que aquele era um fogo que não aquecia. Suas chamas inseguras, bruxuleantes e pontilhadas de manchas negras tornavam ainda mais pesado o silêncio dos que esperavam.

Várias vezes ocorreu a Gjorg que todos ali eram matadores e que cada um tinha uma história. Porém, suas bocas, sobretudo o queixo, à luz do fogo, lembravam a forma de velhas fechaduras. Durante toda a viagem até ali, Gjorg temera a possibilidade de alguém perguntar por sua história. O temor chegara ao auge no momento em que ele entrara naquela sala, embora, quando isso aconteceu, algo tivesse lhe dito que estava fora de perigo. O consolo vinha talvez da atitude austera dos que se encontravam ali, ou do vulto no canto, que cada recém-chegado tomava por uma pessoa e depois por tronco, ou, ao contrário, por tronco no início, para depois sorrir convencido de que se tratava de uma pessoa, até se dar conta de que era tronco mesmo. Gjorg já estava a ponto de acreditar que o tronco fora deixado ali especialmente com esse fim.

As achas úmidas, que o corcunda acabara de trazer, crepitavam no fogo. Gjorg respirou fundo. A noite lá fora devia estar um breu. Além, o vento norte assobiava baixinho sobre a terra. Estranhamente, Gjorg sentiu necessidade de contar alguma coisa. Mas o que o assombrou foi outro fenômeno: ele tinha a impressão de que o queixo dos homens em torno se transfigurava lentamente. Assim como o gado, nas noites frias de inverno, traz o alimento de volta à boca para ruminá-lo, aqueles homens traziam suas histórias na boca. E elas começaram a sair, a gotejar. "Quantos dias faz que você matou o seu?" "Quatro. E você?"

Lentamente as narrativas escapavam daquelas vestes de lã grossa, como baratas pretas, entrecruzando-se em silêncio: "O que você vai fazer com a *bessa* de trinta dias?".

"O que vou fazer?", pensou Gjorg. "Nada."

Quando haveriam de chamá-lo para pagar o tributo? Em todo o tempo que ele estivera ali, somente uma pessoa fora chamada. Realmente, poderia esperar dias a fio. E se passasse a semana e não o chamassem? E se nunca o recebessem?

A porta se abriu, e entrou um vulto. Via-se logo que vinha de longe. O fogo lançou meia dúzia de faíscas de desdém, apenas o bastante para mostrar que o homem estava completamente encharcado e enlameado, deixando-o em seguida na penumbra, como todos os outros.

Confuso, o recém-chegado caminhou para um canto e ali ficou, junto do tronco. Gjorg o acompanhou obliquamente, como se quisesse saber qual fora a sua própria aparência ao chegar, horas antes. O homem se agachou e apoiou o queixo nos joelhos. Percebia-se que sua história ainda estava nas profundezas, longe da boca. Talvez até aquele momento nem tivesse penetrado em seu ser, permanecendo de fora, nas mãos geladas, que acabavam de consumar a morte. Ele movia as mãos em torno dos joelhos, nervoso, como se se ocupasse de alguma coisa que não pudera completar.

3.

A carruagem continuava a subir sem dificuldade a estradinha montanhesa. Tinha pneus, como os veículos normalmente usados para passeios pela capital ou os veículos de aluguel. Não só os bancos eram forrados de veludo preto como seus elementos em geral apresentavam algo de aveludado. Sua marcha pelos caminhos escarpados talvez parecesse ainda mais macia, não fosse o bater dos cascos e o arquejar dos cavalos, que aparentavam não ter nada em comum com aquele meio de transporte janota — demonstrando em relação a ele apenas má vontade e um profundo desprezo.

Sem largar a mão da esposa, Bessian Vorps aproximou o rosto do vidro da janela, como se quisesse se certificar de que a cidadezinha de onde haviam partido meia hora antes, a última cidade no sopé do grande maciço montanhoso do Norte, finalmente desaparecera da paisagem. Agora viam diante de si e dos lados um descampado em aclive, um lugar estranho, nem planície, nem planalto, nem montanha. As montanhas ainda não tinham chegado. Porém, sua sombra se fazia adivinhar, e era precisamente ela que, mesmo que o descampado não fosse incluído no domínio montanhês, impedia que se classificasse de planície a região. Assim, dividido, o trecho era árido e quase deserto.

Vez por outra, gotículas da chuva miúda pontilhavam o vidro da carruagem.

"Os montes Malditos",* disse ele em tom baixo, ligeiramente trêmulo, o tom que se emprega ao dizer o nome de alguém cuja aparição se esperou por muito, muito tempo. Notou que as palavras causavam forte impressão na mulher e se animou.

Ela se aproximou dele, para poder ver, e Bessian sentiu o aroma agradável de seu pescoço.

"Onde?"

Ele apontou para o local, mas na direção indicada ela só avistou uma espessa camada de bruma.

"Não se vê quase nada", confessou ele. "Ainda estamos longe demais."

Ela voltou a pousar a mão sobre a dele e se recostou. Os solavancos da carruagem derrubaram o jornal que haviam comprado na cidadezinha pouco antes de partir, o qual trazia uma matéria sobre eles na primeira página, mas nenhum dos dois se inclinou para apanhá-lo. Ela sorria vagamente, relembrando o título da reportagem dedicada à viagem deles: "Doce sensação: o escritor Bessian Vorps e sua jovem esposa Diana decidem passar a lua de mel no Rrafsh do Norte".

O texto prosseguia em tom um tanto confuso. Não ficava claro se o autor, um certo A. G. (não seria Adrian Guma, conhecido comum do casal?), aprovava a viagem ou se a encarava com certo sarcasmo.

* A tradução do topônimo albanês — Bieshkët e Nëmuna — justifica-se em razão de seu papel no romance. (N. T.)

Ela própria se surpreendera com a ideia de passarem a lua de mel no Rrafsh quando a ouvira do noivo pela primeira vez, duas semanas antes das bodas. "Não se espante", haviam dito as amigas. "Você está se casando com um homem fora do comum, só pode mesmo esperar coisas assombrosas. E nós só podemos dizer que você tem sorte."

Ela realmente se sentia feliz. Nos dias que precederam o casamento, nos círculos meio mundanos, meio artísticos de Tirana, só se falava do plano da viagem. A maioria se inflamava: "Você vai sair do mundo das coisas comuns para o das fábulas, um mundo épico como é raro se encontrar hoje em dia na face da terra". E fervilhavam os comentários sobre fadas e ninfas dos bosques, rapsodos, Homeros do fim do mundo, e sobre o *Kanun*, terrível porém grandioso como nada no mundo. Outros davam de ombros, procurando disfarçar a incredulidade, que tinha a ver com os requisitos do conforto, ainda mais para uma viagem de núpcias, a qual exige certas comodidades, ao passo que nos Alpes o inverno não terminara e as legendárias *kullë* deviam estar um gelo. Mais raramente apareciam alguns que escutavam a tudo com um brilho divertido nos olhos, como se dissessem: "Isso mesmo, vão para o Norte, para a companhia das ninfas, quem sabe isso não fará bem a vocês, sobretudo a Bessian?".

E agora eles galgavam o sombrio Rrafsh setentrional. Aquelas montanhas — sobre as quais muito ela lera e ouvira quando estudava no Instituto Feminino Rainha-Mãe, e especialmente mais tarde, durante o noivado com Bessian Vorps — tanto atraíam como amedrontavam. Na verdade, embora ela tivesse ouvido e lido bastante sobre a região, inclusive os escritos de Bessian, encontrava dificuldade em conceber como seria a vida lá no alto, por trás da eterna neblina. Parecia-lhe que tudo o que falavam do Rrafsh assumia de imediato um sentido dúbio, nebuloso. Bessian Vorps ambientara no Norte alguns contos semitrágicos e semifilosóficos, que foram recebidos pela imprensa de forma igualmente ambígua: uns os saudaram como pérolas, outros criticaram seu descompromisso com a realidade. Certas vezes ocorrera a Diana que o marido empreendia aquela peregrinação insólita não tanto para lhe mostrar as curiosidades do Norte, mas para examinar qualquer coisa em seu próprio íntimo de escritor. No entanto, ela abandonara essa ideia, considerando que, se fosse assim, ele poderia ter feito a viagem muito tempo antes e, além disso, sozinho.

Nesse momento ela observava dissimuladamente o perfil do marido e podia perceber, pela tensão dos malares e pela maneira de ele olhar para fora, que a custo Bessian continha a impaciência. Diana compreendia perfeitamente o porquê daquela expectativa sem fim. Decerto ele achava que todo aquele mundo meio fantástico, meio épico do qual lhe falara por dias inteiros demorava a aparecer. Lá fora, diante da carruagem, continuavam a se suceder longos descampados, ermos, cobertos por incontáveis pedregulhos de um tom fraco de café e molhados pela chuva mais trivial deste mundo. "Ele tem medo de se desiludir", pensou Diana, e quase disse: "Não se aborreça, Bessian, faz só uma hora que estamos viajando, e além do mais não sou nem um pouco impaciente, nem ingênua a ponto de pensar que todo o pitoresco do Norte vai se revelar no próximo instante". Mas apenas encostou a cabeça no seu ombro, num movimento natural. Pressentiu que isso seria mais tranquilizador que todas as palavras. Por um bom tempo ficou assim, acompanhando de esguelha seus cabelos castanhos a balançar sobre o ombro dele ao ritmo do andar da carruagem.

Já estava quase adormecendo quando sentiu que ele se mexia.

"Diana, veja", disse Bessian em voz baixa, pegando em sua mão.

Longe, à beira da estrada, surgiam algumas sombras espigadas.

"Montanheses?", perguntou ela.

"Sim."

Quanto mais a carruagem se aproximava, mais as silhuetas se alongavam. Os dois tinham as faces quase coladas à janela, e mais de uma vez ela enxugou a marca de sua respiração no vidro.

"O que trazem nas mãos? Guarda-chuvas?", indagou Diana em voz baixa, quando a carruagem estava a cerca de cinquenta passos dos montanheses.

"É o que parece", sussurrou ele. "Hum... de onde saíram esses guarda-chuvas?"

A carruagem por fim cruzou com os montanheses, que a seguiram com os olhos. Bessian Vorps voltou a cabeça, tentando se convencer de que as velharias nas mãos dos montanheses eram efetivamente guarda-chuvas esfarrapados, da empresa ítalo-albanesa Umbrella-Hijeza, com as varetas quebradas e o tecido rasgado.

"Nunca vi um montanhês de guarda-chuva", bufou ele entre dentes. Diana também estava espantada, mas não exprimiu sua admiração para não irritar o marido.

Mais adiante, quando avistaram outro grupo de habitantes do lugar, dois deles carregando um saco, ela fingiu que não os via. Bessian Vorps os acompanhou com o olhar.

"Milho", disse por fim, mas Diana não fez nenhum comentário. Ela voltou a reclinar a cabeça no ombro dele, e seus cabelos recomeçaram a se embaraçar mansamente, ao sabor do sacolejar do veículo.

Agora era ele que inspecionava a estrada, e ela tratou de pensar em coisas mais alegres. Afinal de contas, não havia nada de mais no fato de um altivo montanhês carregar um saco de milho nos braços e outro portar uma ruína de guarda-chuva para se proteger do mau tempo. Ao se aproximar o inverno, ela não vira montanheses às dezenas enchendo as ruas das cidades com um machado nos ombros e o triste pregão "Corto lenha!", que lembrava mais o piar de um pássaro do que uma voz humana? Contudo, Bessian dizia que eles não eram representantes autênticos das montanhas. Ao se afastar da região épica, por motivos diversos, eles, assim como as árvores arrancadas de sua terra, tinham se desenraizado e perdido suas esplêndidas qualidades. "Os montanheses genuínos são os que estão no Rrafsh", dissera Bessian Vorps, apontando uma direção que indicava mais a abóbada celeste que algum ponto no horizonte. Dir-se-ia que o Rrafsh ficava no céu, e não no norte da Albânia.

Nesse momento, debruçado na janela, ele não tirava os olhos do descampado, talvez com medo de que a mulher fizesse a pergunta: "Então esses caminhantes miseráveis, com guarda-chuvas em farrapos nas mãos ou com a espinha vergada pelo saco de milho, seriam os altivos e magníficos habitantes dos bosques monteses?". Porém, Diana, ainda que se desencantasse por completo de tudo, jamais pensaria em fazer uma pergunta dessas.

Assim, apoiada nele, com os olhos piscando repetidamente por causa dos solavancos, ela se defendeu da melancolia que brotava de toda aquela extensão agreste trazendo à memória fragmentos de sua vida com Bessian Vorps, desde o dia em que se conheceram e as primeiras semanas de noivado. Os castanheiros ao longo do grande bulevar, as portas dos cafés, o brilho de seus anéis durante o primeiro abraço, um piano a tocar na casa vizinha na tarde em que ela perdera a virgindade e dezenas de recortes de lembranças que ela lançava generosamente pelo descampado sem fim, na esperança de, desse modo, povoar seus ermos. Todavia, a terra agreste permanecia a mesma. Sua nudez encharcada se mostrava pronta a devorar num instante não só todas as reservas de felicidade de Diana, mas talvez a felicidade acumulada por dezenas de gerações da humanidade. Diana nunca vira uma vastidão assim desesperançada. Não por acaso se tratava dos contrafortes dos montes Malditos.

Um movimento do ombro dele a arrancou da sonolência, seguido pela voz, cautelosa: "Diana, olhe, uma igreja".

Ela se aproximou da janela, e seus olhos logo deram com a cruz sobre o campanário de pedra. A igreja ficava num morro, quase um penhasco, e fosse porque a estrada passava muito embaixo, fosse por causa do tom cinzento do céu, a cruz negra parecia se mover ameaçadoramente em meio às nuvens. A construção ainda estava distante, mas quando chegaram perto dela, distinguiram o sino, com o leve brilho amarelado do bronze a se espalhar como um sorriso sob aquela negra ameaça cruciforme.

"Que bonita!", disse Diana.

Ele concordou, sem falar. Na verdade, o aspecto sombrio da cruz e o pálido cintilar do sino pairavam acima de todas as coisas e davam a sensação de poder ser vistos por muitos quilômetros ao redor, sempre juntos e indivisíveis.

"...E ali algumas *kullë* montanhesas", disse ele.

Ela as procurou com os olhos.

"Onde? Onde?"

"Veja, ali, na encosta", ele apontou. "Veja outra adiante, na outra encosta."

"Ah, sim!"

Ele se entusiasmou de súbito, e seus olhos percorreram febrilmente o horizonte.

"Montanheses", interrompeu-o Diana, mostrando com a mão um ponto além das costas do cocheiro.

Os montanheses vinham na direção deles, mas ainda estavam muito longe.

"Deve haver um povoado grande por aqui."

A carruagem se aproximava dos caminhantes, e Diana sentiu a tensão do marido no vidro da janela.

"Estão armados", disse.

"É verdade", ele respondeu, distraído. Seus olhos pareciam procurar alguma coisa. Os montanheses já se achavam a vinte passos.

"Veja!", Bessian gritou, por fim, puxando Diana pelos ombros. "Veja a tarja negra na manga direita. Está vendo?"

"Estou, sim."

"Olhe ali, outro com o sinal da morte. E ali há um terceiro."

A excitação o deixara sem fôlego.

"Que terrível!", ela deixou escapar.

"Como?"

"Eu queria dizer que ao mesmo tempo que é bonito, é terrível."

"É isso, uma beleza tamanha que eu não saberia como descrever."

Ele se voltou repentinamente para ela, com um brilho estranho no olhar, como se dissesse: "E você não acreditava em nada disso...". Na realidade, ela jamais expressara alguma dúvida, embora a ironia em seus olhos fosse tão legível que era como se quisesse dizer: "Não era eu, Bessian, eram seus colegas que não acreditavam".

A carruagem havia deixado os montanheses para trás, e Bessian se reclinava no encosto, com um sorriso sonhador.

"Estamos nos aproximando da zona sombria", disse, como se falasse consigo mesmo, "ali onde as leis da morte imperam sobre as da vida."

"Mas como se distinguem nas vendetas os vingadores dos seus alvos? A tarja negra é a mesma para todos, não?"

"Sim, é a mesma. O selo da morte é o mesmo, tanto para os que procuram a morte como para os que ela procura."

"É horrível!"

"Em nenhum outro lugar do mundo você encontrará pelo caminho gente que, assim como os pinheiros marcados para o corte, trazem o sinal da morte sobre si."

Diana olhou docemente para ele. Os olhos de Bessian brilhavam como os de alguém que chega ao fim de uma espera fatigante. Era como se nunca houvessem existido montanheses que carregavam ridículos guarda-chuvas esfarrapados e prosaicos sacos de milho nas costas.

"Veja, mais montanheses", disse ele.

Dessa vez, foi ela que viu primeiro a tarja negra na manga de um deles.

"Agora podemos dizer que entramos verdadeiramente no reino da morte", disse Bessian. Fora, a chuva fina continuava a cair, como que misturada com neblina.

Diana Vorps suspirou profunda e involuntariamente.

"Sim", disse ele, "entramos no reino dos mortos, como Ulisses. Mas, para entrar nele, Ulisses desceu, enquanto nós estamos subindo."

Ela o escutava sem desviar os olhos. Ele apoiara a testa no vidro, que sua respiração embaçara por completo. O mundo diante dele se mostrava desfigurado.

"Vagueiam pelas estradas com aquela tarja negra na manga como espectros do nevoeiro", disse.

Ela o ouvia, muda de espanto. Quantas vezes tinham conversado sobre tudo aquilo... Mas agora as palavras de Bessian adquiriam um novo timbre. Atrás deles, como as cenas de um filme atrás das legendas, a paisagem parecia ainda mais sombria. Ela quis perguntar se também cruzariam com pessoas levando mortalhas, como ele relatara noutra ocasião, contudo alguma coisa a deteve. Talvez o medo tolo de que, caso ela fizesse a pergunta, aquelas pessoas se lembrassem de aparecer de fato. Agora a carruagem percorrera um bom trecho, e já não se via a aldeia. Apenas a cruz da igreja oscilava lentamente na linha do horizonte, um pouco torta, tal qual as cruzes das velhas sepulturas; dir-se-ia que o próprio céu afundara um pouco, como afunda a terra dos cemitérios.

"Veja, ali, lápides de túmulos", disse ele, apontando um lugar à beira da estrada.

Ela esticou o pescoço para ver melhor. Era um amontoado de pedras um pouco mais claras que as das imediações, empilhadas descuidadamente. Diana teve a sensação de que, não fosse a chuva, o aspecto delas não seria tão triste. Contou ao marido o que sentira, mas ele sorriu e balançou a cabeça discordando.

"Uma *murana*, como eles chamam esses túmulos, é sempre triste. E quanto mais bela a paisagem em torno, mais triste parece."

"Pode ser", disse ela.

"Já vi cemitérios e túmulos de todo tipo, encimados pelos mais diversos sinais e símbolos", prosseguiu ele, "porém é impossível encontrar sepultura mais autêntica que uma *murana* de pedra feita pelos nossos montanheses."

"É verdade", disse ela. "Tem um aspecto trágico."

"O próprio nome que lhe deram é assim, despojado, pétreo: *murana* — somente uma dor e nada mais para amainá-la, não é?"

Ela aquiesceu com a cabeça e suspirou outra vez. Entusiasmado pelas próprias palavras, Bessian continuou a falar. Discorreu sobre a futilidade da vida e a autenticidade da morte no Norte; sobre o hábito dos nortistas de avaliar uns aos outros se baseando especialmente nas relações que criaram com a morte; sobre o tenebroso augúrio dos montanheses quando nascia um menino: "Que viva muito e morra de bala", demonstrando que a morte natural era indigna dos homens do maciço. Por fim, repetiu a ideia de que os montanheses não tinham outra coisa em mente exceto acumular tanta honra na vida que esta bastasse como capital para que se erigisse um monumento após a morte deles.

"Já ouvi algumas canções sobre mortos", disse ela. "São semelhantes a uma *murana*."

"É verdade. Pesam sobre um sujeito tal qual um monte de pedras. Canções e tumbas até acompanham a mesma concepção."

A custo Diana Vorps conteve outro suspiro. Qualquer coisa se desmoronava aos poucos em seu íntimo. Bessian, como se adivinhasse o fosso que ali se abria, apressou-se em dizer que embora tudo aquilo fosse sem dúvida muito triste, tinha ao mesmo tempo sua majestade. Procurou explicar que, no fim das contas, a grandeza da morte conferia algo de elevado à vida de seus compatriotas do Norte, pois dimensões tão incomensuráveis os ajudavam a se erguer acima da mesquinhez da vida.

"Medir os dias da vida com o metro da morte é antes de mais nada um dom", disse ele. "Ou não é?"

Ela sorriu e deu de ombros.

"É o que faz o *Kanun*, sobretudo sua parte relativa à morte", completou ele. "Lembra?"

"Sim", respondeu ela. "Lembro muito bem."

"Uma verdadeira constituição da morte", continuou Bessian, voltando-se bruscamente para a esposa. "Fala-se toda sorte de coisas sobre o *Kanun*, mas apesar de tudo, por mais selvagem e impiedoso que ele seja, de uma coisa estou convencido: é uma das mais monumentais constituições já elaboradas na face da terra, e nós, albaneses, devemos nos orgulhar de tê-la criado."

Ele se deteve, aparentemente esperando que ela dissesse algo, concordasse ou não, mas ela não disse nada; apenas olhou nos olhos dele, com doçura, como antes.

"Sim, é justamente isso que devemos fazer: orgulhar-nos", prosseguiu ele. "O Rrafsh é a única região da Europa que, sendo parte de um Estado moderno, repito, parte de um Estado moderno europeu, e não um refúgio de tribos primitivas, rejeitou as leis, as estruturas jurídicas, a polícia, os tribunais, em suma, toda a máquina estatal. Rejeitou, entende? Já os teve e os rejeitou para substituí-los por outras leis, morais — tão completas que obrigaram a burocracia dos ocupantes estrangeiros e mais tarde a administração do próprio Estado independente albanês a reconhecê-las e a dar autonomia ao Rrafsh, ou seja, a quase metade do reino."

O olhar de Diana acompanhava ora o movimento dos lábios do marido, ora seus olhos.

"E essa é uma velha história que teve início quando Konstandin, o irmão morto, se ergueu do túmulo para proclamar outra justiça. Foi ele que, com sua nova lei, a *bessa*, começou tudo."

"Mas você não concorda que a justiça estatal é mais avançada que a do *Kanun*?", indagou ela, tímida.

"Mais recente, eu diria, e naturalmente mais moderna. Mas isso não quer dizer nada. Pois, na realidade, quem pode saber neste mundo o que é avançado e o que é atrasado? Às vezes, de repente você se vê numa situação mais avançada justamente por ter se atrasado."

"Oh, Bessian, acho que você está ficando zangado comigo", disse ela, abraçando-o.

"Não, de modo nenhum. Vamos dizer que um grupo de pessoas, ou de gerações, ou de Estados se unam em prol de uma idolatria ou de ideias insanas, e você por um motivo ou outro fique de fora."

"Você acha que seria possível ou razoável substituir as leis atuais pelas antigas?"

"Algumas delas, por que não? É evidente que não seria fácil. No entanto, apesar de tudo, também não seria impossível. Os soldados do rei, por exemplo, deviam subir até aqui. Mas eles sempre chegam tarde demais. Em outras palavras, o Estado finge que não vê o que está acontecendo debaixo do seu nariz. E o Estado, não se iluda, não é tolo. Existem pessoas imbecis, mas jamais um Estado simplório. Pois então: o Estado finge não ver o que acontece porque sabe que sua máquina judicial seria derrotada já no primeiro confronto com o velho código."

Enquanto ele falava, percebia-se que se exaltara, como se o houvessem provocado. Ela já o conhecia o bastante para compreender que aquele ardor verbal devia estar ligado a alguma desfeita que talvez lhe tivessem feito numa noitada no Kursal, o café onde a nata da capital se reunia.

Diana tentou mudar de assunto, embora tivesse certeza de que ele não o faria antes que a lembrança da ofensa se abrandasse.

E, de fato, foi o que ocorreu.

"Lá em Tirana existem equívocos sobre o *Kanun*", disse Bessian num tom de voz contido, quase cansado. "E como você sabe, os equívocos começam já pelo nome *Kanun*, que por causa de sua sonoridade muitas pessoas acreditam ser oriental, ou seja, turco, e consequentemente retrógrado. E arregalam os olhos quando lhes explicam que se trata da velha palavra *cânon*, em albanês *kanu*, que mais tarde, ninguém sabe por quê, se transformou em *Kanun*. Em seguida, já que perderam a oportunidade de me qualificar de 'turquista', passam a sentenciar: 'É bom, é mau', como se se tratasse de uma brincadeira de crianças. Ora, como tudo o que é grandioso, o *Kanun* está além do bem e do mal. Está além..."

Diana sentiu que corava de vergonha. Tinha sido justamente ela quem fizera aquela pergunta, um mês antes: "O *Kanun* é bom ou é mau?". Na época ele sorrira e a deixara sem resposta, mas agora...

"Sem ironia!", ela o interrompeu, afastando-se para o outro canto do banco.

"Do que está falando?"

Foram necessários alguns minutos para que Bessian entendesse por que Diana se ofendera. Ele riu muito, jurou que não tivera a intenção de zombar dela, e até que nem lembrava que ela lhe fizera aquela pergunta um mês antes, para por fim lhe pedir mil desculpas.

O pequeno incidente como que trouxe um pouco de vida ao banco da carruagem. Os dois se abraçaram várias vezes, acariciaram os cabelos um do outro; depois ela abriu sua bolsa, tirou dali um espelhinho e examinou o batom. Os gestos rotineiros suscitaram fragmentos de conversas sobre a casa, os conhecidos comuns e Tirana, de onde Diana tinha a impressão de que estavam longe fazia muito tempo. Mesmo quando voltaram a falar sobre o *Kanun*, o tom já não era frio e tenso como o gume de uma velha espada; era mais natural. Talvez fosse porque tivessem comentado sobretudo os artigos pertinentes à vida diária. Quando, às vésperas do noivado, ele a presenteara com uma edição luxuosa do *Kanun*, fora exatamente essa parte que ela havia lido com menos cuidado, e agora mal lembrava as definições que ele ia enumerando.

De vez em quando retornavam às ruas da capital e aos conhecidos comuns, porém bastava um moinho, um rebanho ou um caminhante solitário despontar no horizonte, que Bessian rememorava os preceitos do *Kanun* a respeito deles.

"O *Kanun* é totalizante", disse em certo momento. "Não existe esfera da vida, econômica ou moral, que ele não abarque."

Pouco após o meio-dia, cruzaram com uma caravana de *krushq*, e ele explicou o ordenamento de sua marcha, que obedecia a normas implacáveis cuja violação poderia converter as bodas em luto.

"Lá está o patriarca dos *krushq*, fechando a caravana, o pai ou o irmão mais jovem da noiva, o qual leva o cavalo pela brida. Na Albânia antiga, o irmão caçula se chamava *irmão-pequeno*, e a única irmã, *irmã-única*. É uma pena que o uso de palavras como essas seja cada vez mais raro."

Diana, com o rosto colado ao vidro, maravilhada, não tirava os olhos das vestes das mulheres. "São lindas, lindas demais", repetia consigo. Já Bessian, recostado, recitava de memória, em tom monótono, os preceitos do *Kanun* sobre os *krushq*: "Jamais se adia a data de um casamento. Os *krushq* haverão de entregar a noiva na casa do marido ainda que ela esteja morrendo ou tenham que arrastá-la. Mesmo que o caminho esteja bloqueado pelo inverno, por cima de pau e pedra hão de entregar. Ninguém detém os *krushq*, nem uma morte no clã. Mesmo com um cadáver em casa, os *krushq* têm que partir. A noiva entra em casa, o morto sai de casa. Nesta se pranteia, naquela se baila".

Quando a caravana ficou para trás, os dois evocaram o "cartucho bendito", com que, segundo o costume, a família da noiva presenteava o genro para que em caso de traição este o empregasse contra a esposa dizendo mesmo: "Bendita seja a tua mão". Então os dois, brincando e rindo, imaginaram como seria se um deles violasse a fidelidade conjugal e o traído punisse o outro cortando-lhe a orelha e dizendo: "Bendita seja a tua mão".

"Você é uma criança", disse Bessian, passado o primeiro impulso da zombaria. Diana achou que ele se constrangera ao brincar com o *Kanun*, só o tendo feito para alegrá-la.

"Não se brinca com o *Kanun*", dissera alguém, mas ela logo deixou de pensar nisso. Teve que olhar para fora repetidas vezes, a fim de deter seu acesso de riso. A paisagem mudara: o céu se tornara mais amplo, mas justamente por isso ainda mais opressivo. Ela julgou ter visto um pássaro e quase gritou: "Um pássaro!", como se ele fosse um sinal de apaziguamento do céu, porém o que vira não passava de outra cruz, pendendo como a primeira, em meio à indefinição do nevoeiro. "Entrando por aqui, deve-se dar no convento dos franciscanos", supôs, "e mais adiante está o das freiras."

A carruagem ia avançando com seus solavancos leves e periódicos. Às vezes, quando ela estava quase adormecendo, ouvia a voz do marido, a qual parecia vir de longe, produzindo uma ressonância cavernosa. Ele continuava a evocar passagens do *Kanun*, especialmente as que regulamentavam a hospitalidade.

Ele insistia e insistia nas normas da hospitalidade; ela, no entanto, semiadormecida como estava, sentia que os velhos preceitos, gemendo como as engrenagens enferrujadas de um mecanismo antigo, iam deixando a parte rotineira e pacífica do *Kanun* para se aproximar da parte sanguinária. Por mais que se desviasse o assunto, Bessian encontraria um jeito de voltar a ele. Agora se punha a explicar, com a mesma ressonância cavernosa na voz, um típico acontecimento regulado pelo *Kanun*. Ela permanecia de olhos fechados, tratando de não abandonar o estado de entorpecimento, pois intuía que somente assim a voz dele manteria a vibração longínqua. A voz contava a história de um viajante que caminhava sozinho, ao crepúsculo, pelo sopé da montanha. O homem era perseguido pela vendeta e fazia tempos evitava seu matador. Subitamente, ali no longo caminho, ele sentiu na penumbra uma angústia, um mau presságio. À sua volta, o deserto era completo — não se via nem casa onde se abrigar, nem ser humano a quem pedir ajuda. Havia um rebanho de cabras, mas sem pastor. Para tomar coragem, ou talvez para não entregar a vida sem lutar, ele gritou três vezes pelo pastor. Ninguém respondeu. Então ele se dirigiu ao bode: "Ó bode do chocalho, faz teu dono saber que, caso me matem antes de eu chegar ao pé daquele morro, terei sido morto sob sua *bessa*". E dito e feito: o viajante deu alguns passos, levou um tiro e morreu.

Diana abriu os olhos.

"E depois? O que aconteceu depois?"

Bessian Vorps sorriu com melancolia.

"Outro pastor ouviu as últimas palavras da vítima e as contou ao dono daquele rebanho, seu vizinho. Este — que não conhecia nem nunca vira o morto, tampouco ouvira falar do seu nome — levantou-se, deixou o rebanho, a família e tudo o mais para ir vingar a morte do desconhecido que se pusera sob sua *bessa*, e entrou para o turbilhão da vendeta."

"Terrível. Mas isso é um absurdo. Isso é fatal."

"É verdade. É terrível, é absurdo e é fatal. Como tudo o que é grandioso."

"Como tudo o que é grandioso", repetiu ela, aninhando-se em seu lugar. Tinha frio. Seus olhos vagavam pela grota cavada entre duas montanhas, como se procurassem naquela garganta cinzenta de esfinge uma explicação para o enigma.

"Para o albanês, o *amigo* é um semideus", disse Bessian Vorps, como se tivesse adivinhado a pergunta silenciosa da esposa.

Diana semicerrou os olhos, para que as palavras do marido não chegassem a ela tão cruamente. Ele continuou num tom ainda mais baixo, como antes, e mais cedo do que ela esperava sua voz readquiriu a ressonância.

"Pois, conforme ouvi em algum lugar, enquanto muitos povos reservam as montanhas para as divindades, os nossos montanheses, sendo eles próprios moradores das alturas, foram obrigados ou a expulsar os deuses ou a se adaptar para poder conviver com eles. Entende, Diana? Assim se explicaria este mundo meio real, meio fantástico do Rrafsh, tal como o dos tempos homéricos. E assim se explicaria a criação de semideuses como o *amigo*."

Ele se calou por um momento, dando vez, sabe-se lá por quê, ao ruído das rodas na estrada pedregosa.

"O *amigo* é mesmo um semideus", prosseguiu pouco depois. "E o fato de qualquer homem comum poder se erguer de repente a tais alturas não esvanece sua divindade; ao contrário, a acentua. A possibilidade de se adquirir esses poderes súbita e casualmente, numa noite, apenas batendo a uma porta, só torna as coisas ainda mais perturbadoras. No momento em que o viajante mais ordinário, trazendo as grossas alpercatas nas mãos, bate à porta e se entrega como *amigo*, metamorfoseia-se num ser extraordinário, soberano, inviolável; aquele que faz a lei, a luz do mundo. Mas esse inesperado da transformação está inteiramente de acordo com a vida dos deuses. Não era assim que as velhas divindades gregas se apresentavam, de modo inexplicável, como criaturas das brumas? Pois é da mesma forma que o hóspede aparece à porta do albanês. Como qualquer divindade, ele vem cheio de enigmas, recém-chegado do reino da boa sorte, ou da fatalidade, como você preferir. Suas batidas à porta têm um condão capaz de fazer gerações inteiras viverem ou deixarem este mundo. Eis quem é o *amigo*."

"Isso é terrível."

Ele fingiu que não ouvira, apenas sorriu, mas um sorriso frio, como o dos que se mantêm à distância do conteúdo de uma conversação. E continuou, explicando que naquelas terras o hóspede era visto como alguém que carregava a mais pesada das cruzes. O sangue do pai e o do filho eram passíveis de perdão, o do *amigo* jamais. Só ali se podia descobrir a fonte do célebre adágio do *Kanun*: "A casa do albanês é de Deus e do *amigo*".

"Alguns anos atrás se deu nestas paragens um fato espantoso para qualquer um, exceto para os montanheses." Bessian Vorps pôs a mão no ombro de Diana, e ela parecia a mais pesada das mãos. "Um acontecimento verdadeiramente intrigante."

"Por que ele não conta o que ocorreu?", pensou ela, ao ver que algum tempo se passara e ele permanecia quieto. Na realidade, ela não saberia dizer se queria ou não ouvir mais um acontecimento misterioso.

"Alguém fora morto", retomou ele de repente, "e não numa tocaia, mas em plena feira."

Diana observava de esguelha o movimento dos lábios dele ao formar as palavras. Bessian contava que a morte acontecera à luz do dia, em meio ao burburinho da feira, e os irmãos da vítima, que se encontravam ali, haviam saído em busca do matador, pois ainda ninguém pedira *bessa* e a vingança podia ser imediata. O matador escapara a duras penas da perseguição, porém o clã inteiro do morto, em pé de guerra, procurava-o por toda parte. Caía a tarde, e o *gjaks* chegara a outra aldeia. Sem conhecer bem o lugar e temendo ser descoberto, bateu à primeira porta que apareceu e pediu *bessa*. O dono da casa abriu a porta para o desconhecido e lhe ofereceu sua hospitalidade.

"Você tem ideia de quem morava naquela casa?", perguntou Bessian com os lábios bem próximos do pescoço dela.

Diana virou a cabeça bruscamente e fixou nele os olhos bem abertos.

"A vítima."

"Ah", disse ela. "Já desconfiava. E o que aconteceu depois?"

Bessian respirou fundo. Contou que no início nenhuma das partes compreendera o que estava acontecendo. O *gjaks* se dera conta de que alguma fatalidade tinha se abatido sobre a casa onde se hospedara, mas não atinara que o seu causador fora ele próprio. Por sua vez, o dono da casa, apesar da dor pela perda do filho, havia acolhido o *amigo* conforme o costume, ainda que tivesse entendido que ele vinha de matar alguém e estava sendo perseguido, mas sem saber que o morto era justamente o seu filho.

"Assim, os dois ficaram em frente à lareira, jantaram e tomaram café. O morto, segundo o costume, jazia noutro aposento."

Diana chegou a abrir a boca para dizer algo. Desistiu ao perceber que apenas repetiria as palavras *absurdo* e *fatal*.

"Tarde da noite, os irmãos da vítima retornaram à *kullë*, exaustos da perseguição. Assim que entraram e deram com o hóspede diante da lareira, reconheceram nele o *gjaks*."

Bessian se voltou para ela, a fim de ver o efeito de suas palavras.

"Não tema", disse ele, "não aconteceu nada."

"Como assim?"

"Isso mesmo, nada. Os irmãos sacaram as armas, num impulso de raiva, porém bastou uma frase do velho pai para que se aquietassem. Acho que você já adivinhou qual foi a frase."

Ela balançou a cabeça, aflita.

"'Ele é *amigo*, não toquem nele', foram as palavras do velho."

"E depois? O que aconteceu?"

"Depois eles hospedaram o inimigo-*amigo* pelo tempo que o costume determinava. Conversaram com ele noite adentro, ofereceram-lhe um leito, e na manhã seguinte o acompanharam até a divisa da aldeia."

Diana fincara dois dedos entre as sobrancelhas, como se quisesse arrancar alguma coisa dali.

"Eis quem é o *amigo*."

Bessian pronunciou a frase no intervalo entre dois silêncios, como quem circunda com um espaço vazio algo que quer ressaltar. Esperava que Diana dissesse: "Isso é terrível", como da primeira vez, ou fizesse qualquer outro comentário, mas ela não disse nada. Apenas manteve os dedos no centro da testa, entre as sobrancelhas, como se não achasse aquilo que queria arrancar dali.

De fora vinha a respiração pesada dos cavalos, entremeada dos assobios periódicos do cocheiro. Juntamente com isso, Diana Vorps ouvia a voz do marido, que, sabe-se lá por qual motivo, tornara-se mais branda, além de agora ele falar com lentidão.

"Surge então a pergunta: por que os albaneses criaram uma coisa tão assombrosa?"

Com a cabeça bem próxima do ombro dela, Bessian como que pedia uma opinião sobre todas as perguntas e hipóteses que formulara, embora a cadência de suas palavras não deixasse espaço para respostas. Ele continuava a indagar (a si próprio, a Diana, a alguém mais — isso não ficava claro), insistia sempre na pergunta: por que razão os albaneses haviam criado a instituição do *amigo*, elevando-a acima de todos os demais laços humanos, acima até dos da vingança?

"É difícil explicar. Talvez fosse a única maneira de um servo da rotina, em meio a tantos dias e noites rotineiros, se erguer de repente a alturas vertiginosas. Ao que parece, o povo das montanhas às vezes sentia essa necessidade." E prosseguiu: "Aqui, o vulto do *amigo* se iguala ao de um soberano. Mas não é preciso lançar mão do punhal ou do veneno para empunhar o cetro. Basta bater a uma porta".

Diana sorriu e acariciou a nuca do marido.

"Como você fala bonito as coisas que traz no coração...", disse.

Ele a beijou na testa.

"Já que pensa assim, por que não especularmos se, na vida do montanhês, repleta de pobreza e perigo, tornar-se um *amigo*, ainda que por vinte e quatro horas, ou mesmo por quatro horas, não é uma espécie de descanso, uma pausa, um cessar-fogo, um armistício e, por que não, uma fuga da vida cotidiana para um ambiente divino?"

Bessian silenciou, como se esperasse, e ela, apesar de se sentir na obrigação de dizer alguma coisa, achou mais fácil apoiar a cabeça no ombro dele, como se fosse dormir.

O cheiro familiar dos seus cabelos confundiu por um instante o fio dos pensamentos dele. Mais do que tudo o que dizia respeito a ela — pensamentos, livros, fotos, juras de amor eterno —, eram aqueles cabelos castanhos caindo sobre os ombros que o faziam feliz. A ideia de ser um homem feliz luziu palidamente na sua consciência, em meio aos veludos da carruagem, coberta de toda a lassidão e todo o sigilo dos objetos de luxo.

"Está cansada, Diana?"

"Um pouco, Bessian."

Ele a abraçou e estreitou suavemente seus ombros, fruindo do perfume leve e agradável que um corpo de recém-casada oferece com a parcimônia das preciosidades.

"Mais um pouco e chegaremos."

Sem tirar a mão do ombro dela, inclinou-se para olhar lá fora.

"Uma hora, no máximo uma hora e meia, e chegaremos", repetiu.

Atrás do vidro, os montes se recortavam ao longe, na tarde chuvosa.

"Que província é esta?"

Ele deu de ombros: não sabia. Os dois voltaram a lembrar dos dias que antecederam a viagem (dias que agora pareciam pertencer não àquele mês de março, mas a outro março, remoto como as estrelas), cheios de ditos, sorrisos, gracejos, temores e inveja em relação à sua "aventura setentrional", como a definira Adrian Guma, com quem tinham encontrado na agência dos correios quando foram telegrafar ao amigo que os receberia no Norte. "Como? Telegrafar a um morador do Rrafsh?", indagara ele. "Mas isso é como tentar telegrafar aos pássaros ou aos trovões." Os três então riram juntos, e Adrian Guma continuava a falar em meio às risadas: "Vocês têm um endereço de verdade? Desculpem-me, mas não consigo acreditar".

"Mais um pouco e chegaremos", disse Bessian, pela terceira vez, inclinando-se para a janela da portinhola. Diana se admirava de ele dizer que estavam perto, uma vez que a estrada não tinha indicador de quilometragem. Já ele pensava que a conversa sobre a hospitalidade devida ao *amigo*, justamente no momento em que se aproximava mais e mais, junto com o crepúsculo, a *kullë* onde passariam a noite, não fora casual.

"Mais um pouco e seremos cingidos pela coroa do *amigo*", disse Bessian num suspiro, tocando com os lábios a face direita da esposa, que respondeu com um movimento de cabeça na direção dele, com a respiração se acelerando, como em seus contatos mais íntimos, mas apenas para suspirar outra vez.

"O que você tem?", perguntou ele.

"Nada", respondeu ela, tranquilamente. "Estou com um pouco de medo, só isso."

"É mesmo?" Ele sorriu. "Como é possível?"

"Não sei."

Bessian balançou ligeiramente a cabeça, como se o seu sorriso fosse a chama de um fósforo diante do rosto e ele tentasse apagá-lo.

"Então, escreva o que estou dizendo, Diana. Embora estejamos na região da morte, você está segura como nunca esteve em sua vida, a salvo não só das desgraças, mas também da mais ínfima ofensa. Nenhum casal de soberanos teve jamais uma guarda mais devotada, mais disposta a sacrificar seu presente e seu futuro, do que a que teremos hoje. Isso não a tranquiliza?"

"Não é disso que sinto medo", disse Diana. "É de outra coisa, nem eu mesma saberia explicar. Há pouco você falava de divindades, do destino, da fatalidade. São palavras bonitas mas que ao mesmo tempo arrepiam. Eu não quero provocar a desgraça de ninguém."

"Oh!...", ele exclamou, sarcástico, "como todo soberano, você tanto cobiça como teme a coroa. Compreendo perfeitamente, pois, afinal, toda coroa traz em si tanto o esplendor como o veneno."

"Chega, Bessian", disse ela com suavidade. "Não zombe de mim, por favor."

"Mas eu não estou zombando de você", prosseguiu ele, ainda em tom irônico. "Eu sinto a mesma coisa. O *amigo*, a palavra empenhada e a vendeta são as rotas e os mecanismos da tragédia antiga — e enveredar por eles é divisar a possibilidade da tragédia. Apesar disso, não temos o que temer. Na manhã seguinte, devolveremos a coroa e poderemos descansar do peso dela até o cair da noite."

Ele sentiu os dedos da esposa acariciando-lhe a nuca e apoiou a cabeça nos seus cabelos. "Como iremos dormir", interrogava-se ela, "juntos ou separados?" Mas, ao falar, o que perguntou foi: "Ainda está longe?".

Bessian Vorps entreabriu a portinhola e fez a mesma pergunta ao cocheiro, de cuja existência os dois quase tinham esquecido. Junto com a resposta, um torvelinho de ar frio entrou na carruagem.

"Estamos chegando", disse Bessian. "Brrr, que frio..."

A tarde lá fora, que até então parecia não ter fim, já dava os primeiros sinais de despedida. A respiração dos cavalos se tornara mais forte, e Diana imaginou a espuma que lhes contornava a boca enquanto eles puxavam a carruagem para a *kullë* desconhecida que os abrigaria.

A noite ainda não caíra quando o veículo parou e eles apearam. Depois dos estalidos dos cascos, dava a impressão de que o mundo era totalmente surdo e imóvel. O cocheiro indicou uma torre que despontava além do caminho, porém eles, com as pernas entorpecidas, hesitavam em andar até lá.

Deram algumas voltas em torno da carruagem, entrando e saindo, entretidos com a bagagem, até que finalmente se dirigiram à *kullë*; um estranho cortejo: os dois à frente, de braço dado, e o cocheiro atrás, carregando suas malas.

Ao chegarem, Bessian se afastou da esposa e levantou a cabeça, aparentemente para gritar: "Pode nos receber, ó dono da casa?". Noutras circunstâncias, Diana teria dado boas risadas ao ver o marido no papel de hóspede montanhês, contudo ali algo a detinha. Talvez a sombra da *kullë* (a pedra projeta uma sombra pesada, dizem os antigos) é que a levasse a arquear os ombros.

Bessian Vorps levantou a cabeça pela segunda vez, e de repente Diana achou o corpo do marido pequeno e indefeso diante da fria parede milenar a que ele se dirigiria.

Havia muito já passara da meia-noite, porém Diana não conseguia dormir. Revolvia-se sem descanso debaixo das duas grossas cobertas de lã, sentindo ora calor, ora frio. Ela estava no segundo andar da *kullë*, o mesmo onde ficavam os aposentos das mulheres e moças. Bessian se acomodara no terceiro andar, no aposento de hóspedes. "Ele também deve estar acordado", pensou Diana.

Embaixo, ao rés do chão, ouviu-se um boi mugir. Quando o escutara pela primeira vez, Diana tinha se assustado, mas uma das moças — a que estava deitada ao lado dela — dissera em voz baixa: "Não tenha medo, é o Kazil". Então ela lembrara da lição de zoologia que explicava como o gado rumina à noite o alimento que ingeriu durante o dia, e se acalmara. Mas nem assim conseguia pegar no sono.

Vinham-lhe à mente, desordenados e imprecisos, trechos de pensamentos, frases ouvidas outrora ou poucas horas antes.

Em dado momento pareceu-lhe que a causa da insônia era aquele afluxo confuso de ideias, e ela tratou de pô-las em ordem, mas isso não era tarefa fácil. Mal terminava de construir uma linha de pensamento, outra se rebelava. Tentou calcular os dias que passariam nas montanhas, as *kullë* onde se hospedariam — de muitas ela nem ouvira falar, por exemplo, da *kullë* de Orosh, onde pousariam na noite seguinte e seriam recebidos pelo misterioso senhor do Rrafsh setentrional. Procurou imaginar tudo aquilo, mas o pensamento voltou a se embaralhar. Bessian fora muito carinhoso no aposento de hóspedes. Tinha lhe mostrado o cômodo, não sem antes pedir licença ao dono da casa — porque não é costume permitir cochichos no aposento de hóspedes, ou aposento dos homens, como também o chamavam. Ali, conforme explicara Bessian, só se falavam "coisas de homem", não se toleravam mexericos, não havia lugar para frases ou pensamentos incompletos, e cada afirmação era pontuada por expressões como: "Tem toda a *razão*" e "Bendita seja a tua boca". "Ouça, preste atenção no que dizem", sussurrara Bessian. E ela escutara a conversa, que era tal e qual ele explicara. Já que a casa de um albanês se assemelhava a um castelo, na acepção da palavra, e a constituição da família, obediente ao *Kanun*, lembrava uma pequena formação estatal, era compreensível que as conversas entre os albaneses adotassem igualmente um estilo protocolar, retórico e arrogante para uns, solene para outros. Depois, durante o jantar, Bessian retornara ao seu tema predileto, o do *amigo* e da hospitalidade, comentando que assim como todos os grandes fenômenos, também aquele tinha, ao lado do aspecto sublime, a faceta grotesca. "Hoje estamos aqui, todo-poderosos como divindades", dissera ele. "Podemos cometer qualquer loucura, podemos até matar alguém, e quem assumirá a responsabilidade por tudo será o dono da casa, pois ele nos deu de comer" ("Pão me deste para cear", rezava o *Kanun*), "porém há um limite mesmo para nós, divindades. E qual é o limite? Podemos fazer o que bem entendermos, exceto uma única coisa: mexer na panela que está no fogo." Diana mal contivera uma gargalhada. "Mas é ridículo", dissera ela, em tom mais baixo, "é muito mais que ridículo." "Pode ser", respondera ele, "e, no entanto, é a verdade. Caso eu tivesse feito uma coisa dessas hoje, mexido na panela que estava no fogo, o dono da casa teria levantado de imediato, caminhado até a janela e anunciado à aldeia com um brado terrível que sua mesa fora ofendida pelo *amigo*. E naquele mesmo instante o *amigo* se converteria em inimigo mortal." "Mas por quê?", indagara Diana. "Por que é assim?" Bessian deu de ombros. "Não sei, não sei dizer. Talvez esteja na ordem das coisas que os fenômenos mais grandiosos contenham em si uma falha, não para desvalorizá-los, mas para torná-los mais verossímeis." Enquanto Bessian falava, ela olhava obliquamente em torno, e por duas ou três vezes quase disse: "Sim, são de fato coisas grandiosas, mas não seria possível haver um pouco mais de limpeza?". No fundo, no fundo, a primeira condição para uma mulher se igualar a uma princesa, a uma valquíria dos montes, como ele tinha dito afetuosamente, não deveria ser uma *salle de bain*?* Mas Diana não chegara a dizê-lo, não por ter lhe faltado coragem, e sim por pena de romper o fio dos pensamentos dele. Na realidade, fora uma das poucas frases que não pronunciara. Em regra, ela jamais ocultava seus pensamentos, e ele o sabia. Por isso, nunca a levava a mal se porventura ela dizia alguma coisa que o feria, já que, afinal de contas, esse era um preço a ser pago pela sinceridade.

Diana se agitou no leito, provavelmente pela centésima vez. Então, o turbilhão de pensamentos havia começado não na hora de dormir, mas antes, no aposento de hóspedes. Ainda que

* "Banheiro"; em francês no original. (N. T.)

ela tivesse tratado de prestar atenção em tudo o que se dizia, desde então sua mente começara a saltar de galho em galho. Nesse momento, enquanto o boi mugia e ela sorria consigo pela segunda vez, sentia, ora a temível aproximação do sono, ora seu afastamento por causa de um estalo do soalho, como um beliscão. Numa ocasião gemeu: "Por que me trouxeram aqui?", espantando-se em seguida com seu gemido, porque ainda estava desperta o bastante para ouvir sua própria voz, embora não a ponto de entender as palavras. Agora o sono se expandia diante dela como o descampado daquela manhã, pontilhado por panelas no fogo nas quais ninguém podia tocar. E ela fazia justamente o que não devia fazer: estendia a mão para uma delas e provocava um ruído queixoso.

"Isso é uma tortura", pensou, e abriu os olhos. Na frente dela, no meio da parede sombria, distinguiu um retângulo debilmente iluminado. Ficou como que enfeitiçada por um bom tempo, sem poder tirar os olhos da mancha acinzentada. O que seria aquilo? Como não o notara antes? Aparentemente, amanhecia lá fora. Ela não conseguia afastar os olhos da janela estreita. Em meio à treva sufocante do quarto, aquela fresta ainda tênue era como um chamamento salvador. Diana sentia que se libertava depressa de suas angústias, sob o efeito sedativo da janela. Aquele pálido retângulo havia de representar numerosas manhãs, pois do contrário não seria tão alerta, tão desdenhoso para com os horrores da noite. Graças a essa interferência, Diana logo pegou no sono.

A carruagem rolava outra vez por uma estrada das montanhas. O dia era cinzento, com um opressivo horizonte encerrado nas vastidões alpinas. Os hospedeiros que os acompanharam tinham voltado para casa, e Diana e Bessian, trazendo no rosto as marcas da noite maldormida, privados da coroa do *amigo*, encontravam-se novamente sozinhos no banco da carruagem.

"Dormiu bem?", perguntou ele. "Adormeceu logo?"

"Dormi pouco. Peguei no sono perto do amanhecer."

"Eu também quase não dormi."

"Foi o que pensei."

Bessian tomou a mão dela entre as suas. Fora a primeira noite, desde o casamento, que tinham dormido separados. Olhou de soslaio para o perfil de Diana. Teve a impressão de que estava pálida. Quis abraçá-la, porém algo o deteve.

"Tive tanto desejo, à noite, tão forte", sussurrou no ouvido dela. "Se quiser..."

Disse-lhe palavras doces, um tanto atrevidas, daquelas que a faziam morder os lábios, desviando o olhar, vacilando entre o desejo de vê-lo calar-se e o de deixá-lo prosseguir.

Enquanto falava, Bessian observava furtivamente o rosto da esposa. Mais que pálido, parecia frio. A mão dela permanecia inerte entre as suas. Apenas consigo mesmo, indagou: "O que há com você?". O débil som de um alarme ecoava fundo, muito fundo, nas suas entranhas.

Talvez fosse exagero falar em frieza. Era mais um alheamento, a fase inicial de uma espécie de alienação.

A carruagem sacolejava brandamente, e ele pensou que talvez não fosse nada daquilo. Haveria de ser algo mais simples. Apenas uma dose excessiva de distanciamento, a faculdade de se abstrair que todo ser humano possui e que, afinal de contas, consistia num dos atrativos de Diana. Então, fora esse distanciamento da esposa que o impressionara, porque ele estava habituado a senti-la sempre próxima e compreensiva.

A fria luz do dia penetrava parcamente na carruagem, e como se isso não bastasse, o estofamento de veludo obscurecia ainda mais o ambiente. Bessian Vorps pensou se não estaria provando a fase inicial de uma perda, aquela em que não se sabe muito bem se o seu gosto é amargo ou doce. Pois ele se julgava sensível o suficiente para saber que perdera ali onde os outros ainda viam uma vitória.

Ele sorriu interiormente e percebeu que não estava triste. Afinal, Diana por certo sempre o julgara um pouco distante, e não havia nada de mais se também mantivesse algum afastamento. Talvez ela se tornasse ainda mais desejável.

Bessian se surpreendeu respirando fundo. Outros dias haveriam de surgir em sua vida, um ou outro haveria de intrigá-lo temporariamente, até que as coisas se desenovelassem aos poucos e retornassem ao que eram antes.

Pensou: "Meu Deus, mas o que perdi para dever reconquistar?". E sorriu. O sorriso não chegou a se exprimir, mas deslizou pelo seu íntimo com um ruído abafado. E como que para se convencer do absurdo de suas conjecturas, ele espiou furtivamente pela quarta vez o rosto da esposa, na esperança de encontrar a negação delas. No entanto, as belas feições de Diana Vorps não lhe diziam nada.

Fazia várias horas que viajavam quando a carruagem parou à margem da estrada. Antes que tivessem tempo de indagar o que acontecera, viram o cocheiro apear, aproximar-se da portinhola, do lado em que estava Bessian, e dizer que aquele era um bom lugar para almoçarem.

Só então o casal se deu conta de que estava diante de uma construção de telhado inclinado que parecia ser uma estalagem.

"Ainda faltam quatro ou cinco horas de estrada até a *kullë* de Orosh", explicou o cocheiro, "e não creio que encontremos algum outro local onde almoçar. Além disso, os cavalos estão precisando descansar um pouco."

Sem dizer nada, Bessian apeou na frente e deu a mão à mulher para ajudá-la a descer, o que ela fez com um leve salto. Sem tirar a mão do braço do marido, Diana olhou na direção da estalagem. Três ou quatro pessoas haviam saído à porta e, cheias de curiosidade, espiavam os recém-chegados. Um outro, que saiu por último, aproximou-se com um andar claudicante, seguido por um cão cotó.

"Às suas ordens, senhores", disse.

Já se via que era o estalajadeiro. O cocheiro perguntou se podiam almoçar no estabelecimento e se havia comida também para os cavalos.

"Sim, claro. Entrem, por favor", respondeu o estalajadeiro, indicando a porta, enquanto seus olhos fitavam um pedaço da parede onde não havia nem porta nem nenhum outro tipo de entrada. "Às suas ordens, senhores. Bem-vindos!"

Diana olhava para ele espantada, e Bessian lhe sussurrou: "Ele é vesgo".

O estalajadeiro os acompanhou até a porta, ora de um lado, ora do outro. Os movimentos de suas juntas traduziam vivacidade e também certa inquietação.

"Tenho um compartimento reservado", explicou. "Hoje a mesa já está ocupada, mas arranjarei outra para os senhores. Ali Binak e seus auxiliares estão hospedados aqui faz três dias", acrescentou, orgulhosamente. "Como? Sim, Ali Binak em pessoa. Não o conhecem?"

Bessian deu de ombros.

"Os senhores vêm de Shkodra? Não? De Tirana. Ah! Certamente nessa carruagem. Vão dormir esta noite aqui?"

"Não, vamos para a *kullë* de Orosh."

"Ah, sim. Entendo. Faz dois anos que não vejo uma carruagem como essa. Os senhores são do clã do príncipe?"

"Não. Convidados dele."

Quando passaram pela sala principal, a caminho do compartimento reservado, Diana sentiu os olhares dos homens do lugar, alguns dos quais almoçavam a uma mesa de carvalho comprida e escalavrada, enquanto outros se acocoravam pelos cantos, ou se achavam sentados em alforjes pretos de lã grossa. Dois ou três deles, estirados no chão, moveram-se um pouco, abrindo espaço para o pequeno grupo.

"De uns três dias para cá tivemos um pouco de confusão na estalagem, por causa de uma disputa de divisas aqui perto."

"Uma disputa de divisas?", repetiu Bessian.

"Sim, senhor", confirmou o estalajadeiro, apontando uma porta meio torta. "Por isso Ali Binak e seus auxiliares estão aqui."

Disse as últimas palavras em tom mais baixo, justo no momento em que entravam no compartimento reservado.

"Ali estão eles", sussurrou o estalajadeiro, indicando com a cabeça um canto da sala onde não havia vivalma. Os viajantes, todavia, já experientes, olharam na outra direção, onde três homens comiam, sentados em volta de uma mesa também de madeira, porém menor e um pouco mais limpa que a da sala principal.

"Já, já vou trazer a mesa dos senhores", disse o estalajadeiro, e desapareceu. Dois dos três comensais fitaram os recém-chegados; o terceiro continuou comendo, sem tirar os olhos do prato. Lá fora começou um barulho arrastado e irregular, entremeado de pancadas curtas e cada vez mais próximo, até que por fim eles viram aparecer à porta primeiro duas pernas de mesa, depois as costas do estalajadeiro, em seguida a mesa inteira e o estalajadeiro, ofegando e praguejando, desajeitadamente colado a ela.

Ele pôs a mesa no chão e se retirou para ir buscar os talheres.

"Sentem-se, senhores", disse, ao voltar. "Sentem-se, senhores. O que desejam comer?"

Bessian perguntou o que havia, e Diana disse que queria apenas dois ovos fritos com um pouco de queijo. O estalajadeiro respondia a tudo com seu "sim, senhor", esbaforindo-se na sala estreita para servir os novos fregueses sem esquecer os antigos. Via-se que ele sofria ao correr entre os dois grupos tão distintos, sem atinar qual seria o mais importante. Na dúvida, parecia se entrevar ainda mais, e por vezes tinha-se a impressão de que seus membros do lado esquerdo se dirigiam a um grupo e os do lado direito ao outro.

"Sabe-se lá quem pensa que somos", comentou Diana.

Bessian, com a cabeça baixa, fitava dissimuladamente os três homens que almoçavam. Dava para se perceber que o estalajadeiro, enquanto se inclinava para limpar com um pano alguma coisa na mesa, informava-os sobre os recém-chegados de Tirana. Um dos comensais, o mais baixo, fingia não escutar — ou talvez não escutasse mesmo. Outro, cujos olhos claros não combinavam com o rosto, com os cabelos em desalinho, parecia absorto. O terceiro, que vestia um paletó xadrez, não tirava os olhos de Diana. Estava visivelmente bêbado.

"Onde se fará a aferição das divisas?", perguntou Bessian quando o estalajadeiro trouxe os ovos fritos.

"Na Vereda do Lobo, senhor. A meia hora daqui. Mas caso o senhor queira ir até lá, de carruagem demora menos."

"Vamos, Diana?", disse Bessian. "Parece um acontecimento extraordinário."

"Como você preferir."

"É antiga a disputa em torno dessas divisas?", indagou Bessian ao estalajadeiro. "Já houve mortes?"

O outro deu um suspiro.

"Sem dúvida, senhor. É um pedaço de terra que só atrai a morte. Está cheio de *muranas*, desde que se tem lembrança."

"Iremos sem falta", disse Bessian.

"Como você preferir", repetiu a esposa.

"É a terceira vez que Ali Binak trata do assunto, e a briga e as mortes sempre voltam", prosseguiu o estalajadeiro.

Nesse momento o homem baixo se levantou. Pelo modo como os outros dois se ergueram em seguida, Bessian deduziu que ele devia ser Ali Binak.

O homem baixo fez uma saudação com a cabeça, sem se dirigir a ninguém em especial, e saiu, com os outros dois atrás. O do paletó xadrez saiu por último, sempre encarando Diana com os olhos congestionados pela bebida.

"Que tipo irritante", disse Diana.

Bessian fez um gesto com a mão.

"Talvez você deva perdoá-lo. Quem sabe há quanto tempo ele anda pelas montanhas, sem mulher, sem diversão? Pela roupa, parece ser da cidade."

"Mesmo assim, bem que podia refrear aqueles olhares melosos", disse Diana, empurrando o prato em que um dos ovos ficara intacto.

Bessian chamou o estalajadeiro para que trouxesse a conta.

"Caso o senhor e a senhora desejem conhecer a Vereda do Lobo, agora mesmo Ali Binak e seus auxiliares estão indo para lá. Podem ir atrás dos cavalos deles. Mas se preferirem que alguém os guie..."

"Iremos atrás dos cavalos deles", cortou Bessian.

O cocheiro tomava café na sala principal quando os dois saíram. Levantou-se imediatamente e os seguiu. Bessian consultou o relógio.

"Temos duas boas horas sobrando, para assistirmos a uma delimitação de divisas, não temos?"

"Eu não saberia dizer, senhor. O caminho até Orosh é longo. Ainda assim, se o senhor deseja..."

"Para nós basta chegar à *kullë* de Orosh ao cair da noite", insistiu Bessian. "Ainda não deu meio-dia, e temos bastante tempo pela frente. É uma oportunidade rara, que não devemos perder..." Ele se voltou para Diana.

Ela erguera a gola do casaco, de pele de lebre, e esperava por uma decisão.

Logo alcançaram os cavalos do pequeno grupo de Ali Binak e os seguiram. Diana ficou o tempo todo mergulhada em seus pensamentos, evitando os olhares inconvenientes do homem de paletó xadrez, cujo cavalo aparecia ora à direita, ora à esquerda da carruagem.

A Vereda do Lobo era mais distante do que dissera o estalajadeiro. De longe, eles avistaram uma chapada desnuda onde as pessoas se movimentavam como pequenos pontos escuros. Enquanto se aproximavam do lugar, Bessian Vorps tentava recordar casos relacionados com divisas. Diana o ouvia, tranquila. Ele dizia: "Em ossos sepultados e marcos de divisas não se mexe jamais. Se alguém é morto em briga de divisas, o culpado é executado por toda a aldeia".

"Não estaremos comparecendo a uma execução?", perguntou Diana em tom queixoso. "Só nos faltava isso."

Bessian sorriu.

"Não tenha medo. Deve ser uma delimitação pacífica, já que convidaram aquele... como é mesmo o nome dele... Ali Binak."

"Parece um sujeito importante", disse Diana. "Não entendo como pode ter um auxiliar como aquele, vestido igual a um palhaço."

Bessian olhava fixo para a frente, demonstrando impaciência por chegar à esplanada.

"A colocação de marcos de divisas é um ato solene", disse, sempre olhando para a frente. "Não sei se teremos a sorte de assistir a um acontecimento desses. Ah, veja, uma *murana*."

"Onde?"

"Ali, olhe, depois do arbusto, à direita..."

"Sim, sim."

"Há outra ali."

"Sim, sim. Estou vendo. Ali adiante há uma terceira."

"São as *muranas* de que nos falou o estalajadeiro", disse Bessian. "Elas servem de divisa natural entre as lavouras e as propriedades."

"Há mais uma ali."

"O *Kanun* é muito claro. Quando acontece uma morte durante um conflito de divisas, ali onde fica a *murana*, fica também a divisa."

Diana olhava a paisagem, em silêncio. Por algum tempo, um cão acompanhou a carruagem pela margem da estrada.

"Na *murana* que serve de divisa ninguém pode mexer, até o fim do mundo", prosseguiu Bessian. "É um limite marcado com sangue."

"Há muitas ocasiões para morrer." Diana pronunciou a frase bem perto do vidro, embaçando-o com sua respiração, como se quisesse erguer uma barreira que a separasse do mundo.

Os três cavaleiros tinham chegado e apeavam das montarias. A carruagem parou alguns passos atrás. Ao descer, o casal imediatamente se sentiu o centro das atenções. Havia ali homens, mulheres e muitas crianças.

"Há também crianças", disse Bessian a Diana. "Uma determinação de limites é o único acontecimento importante na vida dos montanheses para o qual chamam as crianças, ao que parece a fim de que elas fixem na memória onde ficam as divisas."

Os dois conversaram por algum tempo, pois sentiam que assim se tornava mais fácil enfrentar a curiosidade dos montanheses. Diana examinava dissimuladamente as moças, cujas longas saias pretas ondulavam a cada movimento. Todas tinham os cabelos tingidos de preto, compridos e com franja, lembrando um pano de boca. Elas seguiam com os olhos os dois citadinos, sobretudo a mulher, sem tentar disfarçar seu interesse.

"Está com frio?", perguntou Bessian à esposa.

"Um pouco."

De fato, fazia frio, e o resplendor dos Alpes em torno parecia acentuá-lo.

"Ainda bem que não está chovendo", disse Bessian.

"Chuva?", admirou-se ela. Por um instante teve a sensação de que a chuva seria como uma pobre mendiga em meio ao suntuoso inverno alpino.

No centro do platô, Ali Binak e seus auxiliares conversavam com um grupo de homens.

"Vamos até lá", propôs Bessian. "Ficaremos sabendo de alguma coisa."

Caminharam devagar entre as pessoas dispersas, escutando fragmentos de sussurros, quase incompreensíveis por saírem de lábios entrecerrados e serem ditos em dialeto. Entenderam apenas as palavras *princesa* e *irmã do rei*, e Diana pela primeira vez naquela manhã sentiu vontade de rir.

"Ouviu?", comentou com Bessian. "Estão achando que sou uma princesa."

Satisfeito em vê-la mais animada, ele a tomou pelo braço.

"E então, o cansaço está passando?"

"Sim. É bonito aqui."

Sem que tivessem percebido, já haviam se aproximado do grupo de Ali Binak. As apresentações se fizeram espontaneamente, em meio à aglomeração de montanheses que parecia empurrá-los na direção uns dos outros. Bessian disse quem era e de onde vinha, e Ali Binak o imitou, para assombro dos montanheses, que o julgavam célebre em todo o globo terrestre. Enquanto os forasteiros conversavam, o agrupamento ao seu redor foi crescendo, e as pessoas não tiravam os olhos deles, especialmente de Diana.

"O estalajadeiro nos contou que tem havido frequentes conflitos de divisas nesta chapada", disse Bessian.

"É verdade", confirmou Ali Binak. Falava baixo, numa cadência monótona e sem nenhum entusiasmo; talvez um hábito aprendido em seu ofício de intérprete do *Kanun*. "Devem ter visto as *muranas* dos dois lados da estrada."

"Nem com todas aquelas mortes se resolveu o problema?", quis saber Diana.

Ali Binak a encarou calmamente. Depois dos olhares curiosos das pessoas que a rodeavam, e sobretudo depois dos olhares inflamados do homem de paletó xadrez, que se apresentara como agrimensor, os olhos de Ali Binak pareceram a Diana os de uma estátua grega.

"O problema não é aquele trecho da divisa assentado com sangue", disse ele, "aquela parte está fixada para sempre na terra. O motivo do conflito é justamente esta outra parte." E ele indicou um dos lados do planalto.

"A parte não ensanguentada?", disse Diana.

"Exatamente, senhora. Faz muitos e muitos anos que duas aldeias estão brigando por este pasto."

"Mas então será que a morte é indispensável para produzir limites duráveis?", interrompeu Diana, ela própria admirada de sua interferência e particularmente do timbre de sua voz, no qual não era difícil perceber uma mistura de contrariedade e ironia.

Ali Binak sorriu com frieza.

"É para isso que estamos aqui, senhora, para impedir que haja mortes."

Bessian fitou fixamente a esposa, numa interrogação muda, como se dissesse: "O que foi que deu em você?". Teve a impressão de ver nos olhos dela uma centelha fugidia que nunca vira antes. Um tanto aflito, como se quisesse apagar a ideia de um possível mal-entendido, perguntou qualquer coisa a Ali Binak, sem se concentrar na resposta.

Todos em volta devoravam com os olhos o pequeno grupo que conversava. Apenas alguns velhos tinham ficado à margem, sentados em pedras grandes, completamente desinteressados de tudo.

Ali Binak continuava a falar com vagar, e só um pouco mais tarde é que Bessian se deu conta de que havia perguntado qualquer coisa sobre mortes provocadas por conflitos de divisas que talvez não devesse ter perguntado.

"... se a pessoa baleada não morre logo, mas faz um esforço e se move, seja andando, seja se arrastando, na direção da divisa alheia, o ponto onde cair exausta e morrer será o lugar onde se deverá erguer a *murana*, e a *murana*, mesmo estando em terra de outros, ficará ali para sempre."

Não apenas a aparência de Ali Binak, como também seu modo de falar, tinha algo de frio e diferente do convencional.

"E se os adversários morrerem um diante do outro?", indagou Bessian, que se comportava como os que querem prolongar uma conversa, fazendo perguntas cujas respostas já sabia.

Ali Binak ergueu os olhos. Diana teve a impressão de que poucas vezes encontrara alguém cuja autoridade fosse tão pouco afetada pela estatura baixa.

"Caso os dois morram um diante do outro, o limite fica sendo onde cada um morreu, e o espaço entre eles é proclamado terra de ninguém."

"Terra de ninguém", repetiu Diana. "Tal e qual nas relações entre Estados."

"Era o que conversávamos ontem à noite", disse Bessian. "Não só o modo de falar, mas toda a mentalidade e a atitude dos habitantes destas montanhas têm alguma coisa de estatal." E prosseguiu indagando: "E antes de haver fuzis? O *Kanun* é mais antigo que as armas de fogo, não?".

"É. Antes de haver fuzis, empregava-se o arremesso de pedras. No caso de conflito entre duas famílias, duas aldeias ou dois *flamur*, cada parte escolhia o seu arremessador. Vencia aquele que lançasse a pedra mais longe."

"E hoje, o que vai acontecer?", perguntou Bessian.

"Hoje vai haver um reconhecimento de divisas."

Ali Binak percorreu com o olhar a multidão dispersa, até que se deteve no pequeno grupo de anciãos. Davam a impressão de ser tão velhos que provavelmente nem lembravam ao certo por que estavam ali.

"Os anciãos mais idosos do *flamur* foram convocados para dizer onde ficavam as antigas linhas de divisa do pasto. São velhos de confiança, notáveis pela imparcialidade. Em assuntos como este, é preciso fugir dos que estão comprometidos com uma das partes."

Ali Binak puxou por uma grossa corrente um relógio da algibeira.

Os olhos dos montanheses, especialmente os das mulheres e crianças, acompanhavam cada um dos movimentos do casal, mas Bessian e Diana já começavam a se acostumar a isso. Diana tratava apenas de evitar o olhar bêbado do agrimensor. Ele e o outro auxiliar, que tinha se apresentado como médico, mantinham-se sempre atrás de Ali Binak, ainda que este nunca se dirigisse a eles, parecendo ignorar sua presença.

Sentia-se, pela agitação das pessoas, que a hora da cerimônia se aproximava. Depois de terem se afastado de Bessian e Diana, Ali Binak e seus auxiliares iam e vinham entre os grupos de montanheses. Só então o casal notou os marcos de pedra da antiga divisa espalhados pela chapada.

Repentinamente, um arrepio de expectativa percorreu o lugar. Diana segurou o braço de Bessian e o apertou com força.

"E se acontecer alguma coisa?"

"O que pode acontecer?"

"Não vê que todos os montanheses estão armados?"

Ele olhou fixo para ela e sentiu vontade de dizer: "Quando você viu aqueles montanheses com guarda-chuvas esfarrapados, pensou que poderia rir do Rrafsh, não é?". Mas logo lembrou que ela não dissera nada sobre os guarda-chuvas: fora tudo imaginação dele.

"Acha que alguém pode ser morto? Não acredito."

Todos os montanheses estavam realmente armados, e uma gélida ameaça pesava sobre o planalto. Aqui e ali apareciam mangas com tarjas negras. Diana apertou com mais força o braço do esposo.

"Daqui a pouco vai começar", disse ele, sem tirar os olhos dos veneráveis anciãos, que agora se encontravam em pé.

Diana sentia um estranho vazio. Seus olhos, que vagueavam em torno, por acaso deram com a carruagem. Parada numa extremidade do platô, negra, com as rebuscadas linhas rococós das portas e do teto, mais o estofamento de veludo de cortina de teatro, ela permanecia à margem, completamente deslocada no cinza do cenário alpino. Diana pensou em puxar o braço do marido e dizer: "Olhe a carruagem", mas naquele instante ele murmurou: "Está começando".

Um dos anciãos se afastou dos seus pares e parecia prestes a fazer algo.

"Vamos chegar um pouco mais perto", propôs Bessian, puxando-a pela mão. "Aparentemente, este é o velho escolhido pelas duas partes para indicar a divisa."

O velho que se destacara deu alguns passos, detendo-se diante de uma pedra e um torrão de terra. O platô silenciou, ou ao menos assim pareceu, pois os ruídos humanos se eclipsavam em contraste com o troar incessante da montanha, onde jamais haveria silêncio.

O velho se acocorou, pegou a pedra com ambas as mãos e a pôs no ombro. Alguém depositou o torrão naquele mesmo ombro. O rosto do velho, seco, salpicado de manchas acinzentadas, achava-se estático. Então, em meio ao silêncio ecoou, com um timbre de bronze, uma voz que não se sabia bem de onde vinha: "Vá em frente e veja se faz as coisas direito, senão vai carregar esse peso para o outro mundo!".

Os olhos do velho fitaram por um momento o horizonte. Era de duvidar que suas juntas lhe permitissem dar mais um passo, fazer um movimento sequer, sem que todo o antiquíssimo arcabouço viesse abaixo, mas ainda assim o velho se moveu.

"Vamos chegar mais perto", sussurrou Bessian.

Os dois já estavam quase no centro do grupo que acompanhava o andar do ancião.

"Quem disse aquilo?", cochichou Diana.

"O velho", respondeu Bessian, também em voz baixa. "'Jurarás com pedra e terra no ombro', é o que reza o *Kanun*."

A voz vetusta, profunda, cavernosa agora quase não se deixava ouvir.

"Por esta pedra e esta terra que carrego, pelo que ouvi dos antigos, aqui e ali ficam os velhos limites do pasto, e é aqui que também eu os ponho. Se eu estiver mentindo, que carregue no outro mundo a pedra e a terra sobre a alma."

O velho, com a multidão atrás, cruzou vagarosamente o planalto. Ouviram-se pela última vez suas palavras: "Se eu estiver mentindo, que esta pedra e esta terra me pesem no outro mundo". E deixou cair sua carga.

Imediatamente, alguns montanheses que o seguiam começaram a cavar em todos os pontos assinalados por ele.

"Eles estão tirando os velhos marcos de pedra e pondo outros novos na divisa", explicou Bessian.

Alguém fazia soar as pedras e chamava: "Venham as crianças. Venham, crianças, e vejam".

Diana fitava a tudo com um olhar perdido. Súbito, divisou entre os coletes pretos dos montanheses um zombeteiro paletó xadrez que se aproximava. Puxou o marido pela manga, pedindo ajuda. Ele olhou para ela interrogativamente, mas Diana não chegou a se explicar, pois o agrimensor já estava diante do casal. O sorriso dele fazia seus olhos parecerem ainda mais bêbados.

"Que comédia!", disse, apontando com a cabeça os montanheses. "Que tragicomédia! O senhor escreve, não é? Escreva sobre essa loucura. Por favor."

Bessian olhou para ele com severidade e não respondeu.

"Desculpem me intrometer assim, sem ser chamado, hein? Desculpem, por favor, sobretudo a senhora."

Ele fez uma reverência um tanto teatral, e Diana sentiu o hálito de álcool.

"O que deseja?", perguntou ela, friamente, sem esconder seu desprezo.

O outro abriu a boca algumas vezes, ensaiando uma resposta, mas a atitude do casal aparentemente o fez mudar de ideia. Ele se voltou para os montanheses e ficou assim por um momento, com o rosto imóvel, ainda recoberto por um pedaço de sorriso, e justo o pedaço mais desagradável.

"É mesmo de chorar", murmurou pouco depois. "Nunca na face da terra a agrimensura sofreu tamanha afronta."

"Que afronta?"

"Bem... sou agrimensor. Estudei para isso, entendem? Estudei como se medem terras. E, apesar disso, vagueio há anos por este Rrafsh sem exercer meu ofício. Os montanheses se recusam a reconhecer minha competência como agrimensor. Os senhores viram com os próprios olhos como eles resolvem problemas de limites: com pedras, e maldições, e bruxarias, e sei lá o que mais. Enquanto os meus instrumentos repousam no saco de viagem há anos. Ali os deixei, jogados num canto da estalagem. Um dia desses haverão de roubá-los. Mas eu não vou deixar as coisas chegarem a esse ponto. Vou me adiantar, vendê-los e bebê-los, antes que sumam com eles. Ai, que dia miserável! Já vou indo, senhores, Ali Binak fez um sinal. Senhor escritor, desculpe alguma coisa, desculpe, bela senhora. Felicidades."

"Que tipo espantoso", comentou Bessian, depois que o outro se afastou.

"O que vamos fazer agora?", perguntou Diana.

Em meio à multidão rarefeita, procuraram o cocheiro, que se aproximou assim que notou o olhar deles.

"Vamos?"

Bessian concordou sem falar.

Haviam chegado à carruagem quando o velho pousou uma das mãos sobre os recém-assentados marcos divisórios, pronunciando uma fórmula para amaldiçoar aqueles que ousassem movê-los.

Quando eles subiam no veículo, Diana sentiu que a atenção dos montanheses, temporariamente desviada para a fixação dos limites, voltava a se concentrar nela. Entrou primeiro, enquanto Bessian, com um gesto, cumprimentava mais uma vez Ali Binak e seus auxiliares.

Ela se sentia um tanto cansada e quase não falou no trajeto até a estalagem.

Bessian quis tomar um café antes de partirem.

Enquanto servia o café, o estalajadeiro mencionou os legendários veredictos de Ali Binak, que corriam pelas montanhas. Era evidente que se envaidecia de hospedar tal celebridade.

"Quando ele visita a província, sempre fica na minha estalagem."

"E onde ele mora?", indagou Bessian, apenas para dizer alguma coisa.

"Em lugar nenhum", foi a resposta. "Ali Binak é assim, está em todo lugar e em lugar nenhum. Vive viajando, pois sempre e em toda parte aparecem desavenças, e ele é chamado para julgá-las."

Ele continuou a falar de Ali Binak e de inimizades seculares entre os homens, ao trazer o café e também mais tarde, quando foi buscar as xícaras, e na hora de acompanhá-los para a despedida.

Estavam subindo na carruagem quando Bessian sentiu Diana apertar-lhe o braço.

"Olhe ali, Bessian", disse ela em voz baixa.

Poucos passos adiante, um montanhês jovem, extremamente pálido, fixava neles seus olhos atônitos. Na manga da camisa ostentava a tarja negra.

"Um *gjaks*", disse Bessian, e se dirigiu ao estalajadeiro: "Você o conhece?".

Os olhos vesgos do outro fitaram um ponto a alguns passos do montanhês. Parecia que o viajante se preparava para entrar quando deparara com os exóticos visitantes na carruagem.

"Não", disse o estalajadeiro. "Ele passou por aqui três dias atrás, a caminho de Orosh, onde pagaria o tributo do sangue. Ei, rapaz", gritou para o desconhecido, "qual é o seu nome?"

Aparentemente a pergunta do estalajadeiro surpreendeu o montanhês, que desviou os olhos para ele. Diana já havia entrado na carruagem, mas Bessian se deteve no estribo para ver se o desconhecido responderia. O rosto de Diana surgiu na janela, um tanto empalidecido pelo vidro.

"Gjorg", respondeu o jovem, com a voz um tanto insegura, como a de alguém que tivesse passado muito tempo sem falar.

Bessian se deixou cair no assento, ao lado da mulher.

"Faz alguns dias que matou alguém e agora regressa de Orosh."

"Eu ouvi", murmurou ela, sem tirar os olhos do desconhecido.

De onde estava como que pregado, o montanhês fixava na moça um olhar febril.

"Como está pálido", observou ela.

"Chama-se Gjorg", disse Bessian, acomodando-se.

A voz do estalajadeiro chegou até eles.

"Conhece o caminho?", perguntava ao cocheiro. "Preste atenção ao chegar no Cemitério dos Krushq, todos se confundem ali e, em vez de tomar a direita, seguem para a esquerda."

A carruagem se moveu. Os olhos do desconhecido, que pareciam muito escuros, talvez por causa da palidez do rosto, permaneceram cravados no quadrilátero da janela, onde se viam as feições de Diana. Também ela, apesar de sentir que não devia continuar a fitar o caminhante surgido assim de súbito à margem do caminho, não tinha forças para desviar os olhos dele. Enquanto a carruagem se afastava, ela limpou mais de uma vez o vapor de sua respiração que se condensava no vidro, embora a mancha branca mais que depressa se recompusesse, como se necessitasse erguer uma cortina entre os dois.

"Você tinha razão", disse ela, reclinando-se fatigada no encosto, quando a carruagem se distanciara o bastante para que não se enxergasse vivalma.

Bessian olhou espantado para a esposa. Pensou em lhe perguntar em que assunto tinha razão, mas algo o impediu. A bem da verdade, durante toda a parte matinal da viagem tivera a impressão de que ela nunca lhe dava razão. Já agora, que ela própria afirmava o contrário, julgou que seria inútil, para não dizer arriscado, um pedido de esclarecimentos. O mais importante era que ela não se decepcionasse com a viagem, e nesse momento ela lhe dava razão. Bessian se sentiu reanimado. Teve até a sensação, ainda que um tanto confusa, de que sabia mais ou menos o assunto a que ela se referia.

"Você reparou como estava pálido aquele montanhês que vinha de matar outro?", perguntou Bessian, baixando os olhos, sabe-se lá por qual motivo, para o anel na mão dela. "Aquele que vimos ainda há pouco, reparou?"

"É verdade, terrivelmente pálido."

"Quem há de saber por quantas dúvidas, por quantas vacilações ele não passou até partir para a tocaia? O que valem as aflições descritas por Shakespeare perto das deste Hamlet das nossas montanhas?"

Os olhos dela o fitaram com gratidão.

"Acha demais comparar um príncipe dinamarquês com um montanhês deste fim de mundo?"

"De forma nenhuma", respondeu Diana. "Você disse coisas tão bonitas... E já sabe quanto o aprecio por isso."

Ocorreu a Bessian que por certo fora precisamente o dom da palavra que o ajudara a conquistar Diana.

"O fantasma do pai apareceu a Hamlet para concitá-lo à vingança", prosseguiu, inflamado. "Mas você já imaginou que horrendo espectro se apresenta ao montanhês, convocando-o à vendeta?"

Os olhos de Diana, desmedidamente arregalados, fixavam-se no esposo.

Ele passou a falar sobre a camisa ensanguentada da vítima, que nunca deixa o aposento dos homens enquanto o sangue não é vingado.

"Já pensou que sofrimento tremendo? O fantasma do velho rei apareceu a Hamlet duas ou três vezes, no meio da noite e apenas por alguns momentos, ao passo que a camisa que incita à vendeta nas nossas *kullë* ali permanece dia e noite, por meses e estações inteiras. O sangue que a impregna muda de cor, e as pessoas comentam: 'Veja, o morto já não aguenta a demora da vingança'."

"Deve ser por isso que ele estava tão pálido", disse Diana.

"Quem?"

"Ele... o montanhês..."

"Ah, sim, com certeza."

Por um instante ocorreu a Bessian que Diana pronunciara a palavra *pálido* como se quisesse dizer "belo", mas ele logo afastou essa ideia.

"O que ele fará agora?", indagou ela.

"Quem?"

"Ele... o montanhês."

"Ah, o que fará?", Bessian deu de ombros. "Se é verdade que matou o outro quatro ou cinco dias atrás, como disse o estalajadeiro, e obteve a *bessa* grande, quer dizer, a *bessa* de um mês, então lhe restam apenas vinte e cinco dias para viver."

Bessian sorriu tristemente, mantendo o rosto imóvel.

"A *bessa* é uma espécie de derradeira licença neste mundo", prosseguiu. "Nas nossas montanhas, a célebre expressão que diz que os vivos não passam de mortos de licença adquire um sentido bem literal."

"Ele tinha mesmo o jeito de alguém vindo do outro mundo, de licença, com aquele sinal do além-túmulo na manga." Diana inspirou profundamente: "Você disse tudo: tal e qual um Hamlet".

Bessian olhou para fora, com um sorriso imóvel que aparecia apenas na parte superior do rosto.

"E leve em conta que Hamlet foi incitado a matar por um motivo forte. Ao passo que ele", Bessian fez um gesto com a mão, indicando a estrada no sentido contrário ao do avanço da carruagem, "a máquina que o pôs em movimento é alheia a ele, às vezes alheia até ao tempo em que ele vive."

Diana escutava concentrada, ainda que algo do que ele dizia lhe escapasse.

"É necessária uma vontade titânica para partir ao encontro da morte, obedecendo a uma ordem vinda de tão longe", continuou Bessian. "Pois a ordem muitas vezes vem de muito longe, em certos casos até de gerações desaparecidas há tempos."

Diana suspirou profundamente.

"Gjorg", disse em voz baixa. "Era esse o nome dele, não?"

"De quem?"

"Dele, do montanhês... o da estalagem..."

"Ah, sim, Gjorg. Era esse mesmo o nome. Ele a impressionou, não foi?"

Ela aquiesceu com a cabeça.

Mais de uma vez a chuva ameaçou cair, porém suas gotículas aparentemente se perdiam naquelas lonjuras imensas, sem alcançar a terra. Poucas tinham atingido a janela da carruagem e tremulavam sobre o vidro como pequenas lágrimas. Fazia algum tempo que Diana observava a dança das gotas, que parecia perturbar o próprio vidro.

Diana já não experimentava nenhum cansaço. Pelo contrário, certo alívio interior a levava a se sentir transparente, apesar de que esse fosse um sentimento frio e triste.

"Que inverno longo", comentou Bessian. "Parece que não acaba..."

Diana continuava a olhar para fora. Havia na estrada alguma coisa que dispersava a atenção, dava uma sensação de vazio, diluindo qualquer pensamento mais denso. Vinham-lhe à cabeça os casos das difíceis interpretações que Ali Binak fizera do *Kanun*, os quais foram relatados pelo estalajadeiro. Na verdade, não chegavam a ser casos completos, mas fragmentos ou paisagens que flutuavam vagarosos na correnteza da sua mente. Eis que apareciam os portões de duas casas, arrancados de seus gonzos para ser trocados. Numa noite de verão, uma bala atravessara um deles. O dono da *kullë* ofendida tinha direito a uma retratação, mas qual? Um portão varado de bala não seria motivo para derramamento de sangue, mas o episódio tampouco podia ser simplesmente esquecido. Então Ali Binak, chamado a se pronunciar, decidira: "Arranque-se o portão da casa do culpado e ponha-se o que foi trespassado no seu lugar, para que assim fique para sempre, sem que possam consertá-lo ou trocá-lo".

Diana tentava visualizar as andanças de Ali Binak de aldeia em aldeia, acompanhado por seus dois auxiliares, o médico e o agrimensor. Seria difícil imaginar um grupo mais estranho. E eis que, certa noite, um *amigo* bateu à porta da casa de alguém, que mandou a esposa procurar vizinhos (os mais próximos moravam a meia hora de marcha) que pudessem emprestar alguns mantimentos. As horas passaram, e a mulher não retornava, mas o anfitrião permaneceu com o *amigo* até o amanhecer, ocultando sua inquietação. No entanto, ela não voltou, nem no dia seguinte, nem no outro; ocorrera-lhe algo raríssimo nas montanhas: três irmãos, moradores das imediações, mantinham-na prisioneira em sua casa. Cada noite um deles dormia com ela.

Diana se imaginou na condição daquela mulher e estremeceu de horror. Num gesto de quem se liberta de um pensamento angustiante, balançou a cabeça, mas a ideia não a deixaria tão facilmente.

Depois da terceira noite, a mulher retornara e contara tudo ao marido. O que ele haveria de fazer? O caso era excepcionalíssimo, e apenas o sangue vingaria a ofensa. Porém, o clã dos irmãos depravados era extremamente poderoso; já nas primeiras estações da vendeta, a família do homem ofendido com certeza seria aniquilada. Além disso, o homem não era dos mais destemidos. Assim, ele pedira, diante da violação da esposa, uma coisa que raras vezes um montanhês solicita: a ajuda do conselho de anciãos. O julgamento seria complicado, uma vez que envolvia a deliberação sobre um assunto sem precedentes na memória do Rrafsh. Então chamaram Ali Binak, que apresentou duas alternativas: ou os três irmãos enviavam suas esposas, para que dormissem uma noite cada uma com o homem ofendido, ou escolhiam um deles para ser morto pelo ofendido, sem direito a vingança. Os irmãos conversaram e decidiram: um deles pagaria com a vida o que fizeram, mais precisamente o irmão do meio.

Diana reconstituiu a parte da morte do irmão do meio em câmara lenta, como nos filmes. Este pedira ao conselho de anciãos a *bessa* de trinta dias. Depois, no trigésimo primeiro dia, o ofendido armara uma tocaia para ele e o matara tranquilamente.

"E então?", indagara Bessian. "Então nada", respondera o estalajadeiro. "Foi-se deste mundo, acabou-se, e tudo à toa, por um capricho."

Já um tanto sonolenta, Diana pensava no tempo de vida que restava àquele montanhês chamado Gjorg. "Tudo passa", disse consigo, e suspirou.

"Veja ali uma *kullë* de enclausuramento!", exclamou Bessian, tocando a janela com o dedo.

Diana espiou.

"Aquela isolada, viu? A que tem as janelas mais estreitas."

"Que sinistra", disse Diana.

Ela já ouvira falar muitas vezes das célebres *kullë* de enclausuramento, onde, passado o prazo da *bessa*, refugiavam-se os *gjaks* que deixavam suas casas para que a família não corresse perigo. Mas era a primeira vez que via uma e ouvia todos os detalhes sobre ela.

"As janelas dão para todos os caminhos da aldeia, de modo que ninguém possa se aproximar sem ser visto pelos enclausurados", explicava Bessian. "E há uma janela voltada para a porta da igreja, para o caso de uma reconciliação, embora as reconciliações sejam raríssimas."

"E quanto tempo as pessoas vivem lá dentro?"

"Na *kullë* de enclausuramento? Ora, anos a fio, até que aqui fora ocorram mudanças na correlação entre o sangue dado e o sangue tomado."

"Sangue dado, sangue tomado", repetiu Diana. "Você fala dessas coisas como se fossem operações financeiras."

Bessian sorriu.

"E de certa maneira é isso mesmo", disse. "Todo o *Kanun* é percorrido por um frio calculismo."

"É verdadeiramente terrível", disse Diana, e Bessian não entendeu se ela falava da *kullë* de enclausuramento ou das últimas palavras dele. Na realidade, Diana voltara a aproximar a cabeça da janela para ver mais uma vez a tenebrosa torre, da qual agora só se avistava um lado.

"Aqui ficará o montanhês pálido", pensou ela. Mas havia a possibilidade de ele ser morto antes de se encerrar entre aqueles muros de pedra.

"Gjorg", repetiu consigo, e teve a impressão de sentir um vazio na parte de baixo do tórax. Algo que se dissolveu, dolorosamente mas também docemente.

Diana notou que perdia aquelas defesas que, como acontece com toda mulher jovem, toda noiva ou namorada, mantivera-a longe do risco de se deixar atrair por outro. Pela primeira vez, desde que conhecera Bessian, ela se sentia livre para pensar em alguém. E pensava *nele*, no montanhês, que estava de licença neste mundo, como dissera Bessian, e uma licença curta, pouco mais que três semanas, e a cada dia que passava ela minguava ainda mais, enquanto ele percorria as alturas com aquela tarja negra, a qual indicava um devedor de sangue, todo o seu sangue, que ele parecia ter entregado antes da hora, tão terrível era a sua palidez; ele, que fora escolhido para a morte tal qual uma árvore é marcada para o abate, como dissera Bessian — e tudo aquilo estava nos olhos dele, cravados nos dela: "Estou aqui por pouco tempo, forasteira".

Nunca um olhar de homem a perturbara daquela maneira. Talvez fosse pela presença da morte, pensava ela, ou quem sabe pela compaixão que ele despertava por ser tão belo. E Diana já não conseguia distinguir se aquelas duas ou três lágrimas estavam no vidro ou em seus olhos.

"Que dia comprido", disse, espantando-se com suas próprias palavras.

"Está cansada?", perguntou Bessian.

"Um pouco."

"Vamos chegar daqui a uma hora, no máximo duas."

Ele pôs o braço no ombro dela e se aproximou delicadamente. Ela permaneceu quieta, sem se afastar, mas também sem se tornar mais leve para facilitar o abraço. Ele o percebeu, e apesar disso o cheiro agradável que vinha do pescoço dela o fez levar os lábios ao seu ouvido e murmurar: "Como vamos dormir hoje?".

Ela deu de ombros, como se dissesse: "Como posso saber?".

"De qualquer maneira, a *kullë* de Orosh é a *kullë* de um príncipe, e acredito que ao chegarmos dormiremos os dois num quarto", prosseguiu ele, falando baixo, num tom conspiratório. "Não acha?"

Os olhos dele percorriam dissimuladamente o perfil de Diana, completando com eloquência a carícia conspiratória das palavras. Mas ela olhava para a frente e não respondeu. Interrompendo-se, sem saber se devia se ofender, ele aliviou um pouco o peso do braço, e já ia tirá-lo de todo quando ela, no último instante, talvez sentindo aquilo tudo, ou quem sabe sem razão, disse algo.

"O quê?", perguntou Bessian.

"Perguntei se existe algum parentesco entre o príncipe de Orosh e a família real."

"Nenhum."

"Como se explica então que o chamem de príncipe?"

Bessian franziu o cenho.

"É um pouco complicado", disse. "Na realidade, ele não é um príncipe, embora assim o designem em determinados círculos e a gente do Rrafsh frequentemente o chame *Prenk*, que quer dizer 'príncipe'. Mas por aqui ele é mais conhecido como 'capitão', ainda que..."

Bessian lembrou que fazia bastante tempo que não acendia um cigarro. Como todo fumante esporádico, demorou-se, atrapalhado com o maço e os fósforos. Diana tinha a impressão de que ele agia assim toda vez que queria ganhar tempo, adiar uma explicação delicada. Na verdade, a explanação sobre a *kullë* de Orosh iniciada ali na carruagem (explanação que, aliás, ficara pela metade desde Tirana, quando Bessian recebera o convite dos escritórios do príncipe notificando, numa linguagem empolada, um pouco estranha, que ele era bem-vindo a Orosh, em qualquer época do ano, a qualquer hora do dia ou da noite) não era mais clara do que a interrompida em Tirana, dias antes, diante de uma xícara de chá, no sofá de seu estúdio. Talvez isso acontecesse porque havia algo de nebuloso em tudo o que dizia respeito à *kullë* para onde iam como convidados.

"Ele não é exatamente um príncipe", disse Bessian, "e, no entanto, de certo ponto de vista, é mais que um príncipe, não só porque a família da *kullë* de Orosh é muitíssimo mais antiga que a casa real, mas sobretudo pela forma como ela impera em todo o Rrafsh."

Ele prosseguiu, explicando que era um domínio de tipo especial, efetuado por meio do *Kanun*, incomparável a qualquer outro na face da terra. Desde tempos imemoriais, nem a polícia nem a administração estatal interferiam no Rrafsh. A *kullë* não possuía polícia, nem funcionários, e, não obstante, todo o Rrafsh estava em suas mãos. Assim fora já no tempo da Turquia,* e mesmo antes, e assim foi mais tarde, durante as ocupações da Sérvia e da Áustria, depois durante a Primeira República, a Segunda República, e até agora, sob a Monarquia. Inclusive, há poucos anos houve um esforço final de um grupo de deputados no Parlamento objetivando levar a administração estatal ao Rrafsh, mas fracassou. "Devemos fazer o possível para que o *Kanun* estenda seu poder sobre todos os recantos do país, e não tentar expulsá-lo das suas montanhas, ainda mais porque não há força no mundo que o expulse."

Diana indagou qualquer coisa sobre a ascendência principesca dos senhores da *kullë*, e Bessian teve a impressão de que ela fazia a pergunta no mesmo tom prosaico de uma mulher que quer saber se as joias que lhe oferecem são realmente de ouro.

Ele respondeu que não achava que os senhores de Orosh descendiam de uma velha família de príncipes albaneses. Pelo menos, não era o que diziam as informações de que se dispunha. Todas as raízes deles estavam perdidas num passado nebuloso. Haveria duas possibilidades: ou a família era um ramo de algum tronco feudal, remoto mas não muito ilustre, que escapara às intempéries dos séculos, ou era simplesmente um clã que se dedicara a interpretar o *Kanun*, geração após geração. Sabe-se que casas assim, espécies de santuários jurídicos, algo intermediário entre os templos dos oráculos e os arquivos judiciais, com o correr do tempo acumulam poderes imensos, até que sua ori-

* O domínio otomano sobre a Albânia se estendeu de 1479 a 1913. (N. T.)

gem é esquecida por completo e seus membros se convertem em soberanos.

"Eu disse que interpretam o *Kanun*", prosseguiu Bessian em sua explicação, "pois até hoje o *Kanun* designa a *kullë* de Orosh como sua guardiã."

"E ela própria está à margem do *Kanun*?", perguntou Diana. "Lembro que foi o que me disseram certa vez."

"Sim, exatamente. Apenas ela, em todo o Rrafsh, se situa fora do âmbito do *Kanun*."

"Contam muitas histórias sinistras sobre ela, não?"

Bessian pensou um pouco.

"Na realidade, é compreensível que uma *kullë* como ela, multissecular, se cerque de uma atmosfera de certo mistério."

"Que bonito", disse Diana alegremente, num tom de inesperada intimidade, como antes. "Será fascinante se hospedar nela, não acha?"

Ele respirou fundo, como quem acaba de fazer um grande esforço. Voltou a abraçá-la e olhou para ela com uma doçura mesclada de severidade, como se dissesse: "Por que me fez sofrer, distanciando-se de repente, quando está tão perto?".

Ela ostentava outra vez aquele mesmo sorriso, do qual ele só via um lado, enquanto a parte principal se projetava para diante, muito longe.

Ele olhou para fora.

"Daqui a pouco vai escurecer", disse.

"Agora a *kullë* deve estar perto", disse Diana.

Os dois vasculhavam a paisagem além das duas janelas do veículo. O céu da tarde escurecia, imóvel e opressivo. As nuvens davam a impressão de ter se petrificado para sempre lá no alto, e se havia algum último movimento em torno deles tinha como palco não o céu, mas a terra. Os cumes das montanhas desfilavam lentamente na distância.

Eles haviam se dado as mãos, enquanto os olhos vasculhavam o horizonte à procura da *kullë*. O mistério do lugar se tornava cada vez mais presente. "Ali! Ali!", tinham exclamado não poucas vezes, quase a uma só voz, mas se enganavam. Eram apenas cristas com fiapos de nuvem presos a elas.

À volta deles estava deserto, era como se as outras casas e a própria vida tivessem se retirado para não empanar a solidão da torre de Orosh.

"Mas onde estará ela?", queixou-se Diana.

Os olhos do casal palmilhavam o horizonte em busca da *kullë*, e talvez, se ela despontasse bem alto no céu, entre as brechas das nuvens, isso lhes parecesse tão natural como se ela surgisse em meio aos morros da terra.

A luz da lamparina de cobre na mão do homem que os conduzia ao terceiro andar da *kullë* tremulava amedrontadoramente nas paredes.

"Por aqui, senhores", disse ele pela terceira vez, afastando a lâmpada de si para que os hóspedes enxergassem melhor. O soalho de tábuas rangia ainda mais forte àquela hora da madrugada. "Por aqui, senhores."

No quarto havia outra lamparina, cuja luz fraca mal deixava ver as paredes e os desenhos de um tapete carmesim. Diana suspirou involuntariamente.

"Agora vou trazer as bagagens para os senhores", disse o homem, e desapareceu sem ruído.

Os dois ficaram um bom tempo de pé, olhando primeiro um para o outro e em seguida para o quarto.

"O que achou do príncipe?", perguntou ele em voz baixa.

"Não sei dizer", respondeu Diana, quase sussurrando. Noutras circunstâncias, ela teria dito que ele lhe parecera dissimulado, nada natural, tal como o linguajar de seu convite, porém julgou despropositadas tantas explicações àquela hora da noite. "Não sei dizer", repetiu. "Já aquele feitor do sangue, como o chamam, não me agradou."

"Nem a mim", disse Bessian. "Olhava-me de cima, quase com hostilidade."

"Percebi."

O olhar dele e depois o dela se detiveram obliquamente no pesado leito de carvalho, coberto por uma manta de lã vermelho-escura. Na parede, acima da cama, havia uma cruz também de carvalho.

Bessian se dirigiu a uma das janelas. Continuava ali quando a porta se abriu e o homem da lamparina de cobre apareceu outra vez. Na mão livre, trazia as malas.

Estava deixando-as no chão quando Bessian, ainda de costas, com o rosto quase colado ao vidro da janela, perguntou: "O que é aquilo ali?".

O homem se aproximou com passos leves. Diana viu os dois ficarem algum tempo inclinados sobre o parapeito, olhando para baixo, como para um abismo.

"É um tipo de galeria, senhor, de salão — não sei que nome lhe dariam em Tirana —, onde as pessoas que vêm de todos os cantos do Rrafsh para pagar o tributo do sangue ficam esperando."

"Ah", Diana ouviu a voz do marido. Como ele estava bem debruçado na janela, sua voz chegou até ela distorcida. "É a famosa antecâmara dos assassinos."

"Dos *gjaks*,* senhor."

"Sim, dos *gjaks*... Sei, sei. Já ouvi falar a respeito."

* A palavra *gjaks* não tem o sentido depreciativo de "assassino" (em albanês, *vrasë*). (N. T.)

Bessian continuou à janela. O homem da *kullë* recuou alguns passos, sem ruído.

"Boa noite, senhor. Boa noite, senhora."

"Boa noite", disse Bessian, com a mesma voz distorcida, da janela.

"Boa noite", disse Diana, com os olhos fixos na mala recém-aberta. Por algum tempo remexeu languidamente em sua bagagem, sem decidir o que iria vestir à noite. O jantar estava pesado, e ela sentia agora um mal-estar no estômago. Olhou para a coberta sobre o grande leito, depois para a cruz que pendia da parede.

Ainda estava mexendo na bagagem quando escutou a voz dele: "Venha ver!".

Diana se levantou e foi até a janela. Ele se afastou para lhe dar lugar, e ela sentiu a friagem percorrer todo o seu corpo. Por trás daqueles vidros a noite parecia suspensa sobre um abismo.

"Olhe ali", disse Bessian, baixinho.

Ela fixou os olhos na escuridão, mas não viu nada, apenas sentiu a imensidão da noite, algo que arrepiava.

"Ali", insistiu ele, apontando algo. "Embaixo... não vê uma luz?"

"Onde?"

"Ali, no fundo, bem embaixo."

Finalmente os olhos dela divisaram uma luzinha fraca. Mal chegava a ser uma luz, era mais um débil ponto avermelhado à beira do abismo.

"Vi", suspirou, "mas o que é?"

"É a famosa sala onde os *gjaks* esperam dias a fio, às vezes uma semana, para pagar o tributo do sangue."

Ele sentia a respiração de Diana se acelerar perto de seu ombro.

"E por que esperam tanto?"

"Não sei. A *kullë* nunca se apressa em receber o tributo. Talvez para que haja sempre gente esperando. Está com frio? Ponha alguma coisa nos ombros."

"Aquele montanhês... o da estrada... esteve aqui?"

"Sim, exatamente. Foi o que o estalajadeiro contou, não foi?"

"Sim, faz três dias que ele passou por aqui para pagar o tributo do sangue, foi o que nos disse."

"Então, é isso mesmo."

Diana deu um suspiro.

"Quer dizer que ele esteve ali."

"Todos os *gjaks*, sem exceção, passam por aquela antecâmara", disse ele.

"É medonho, não é?"

"É. Faz quatrocentos e tantos anos, desde que existe a *kullë* de Orosh, que aquela sala está povoada de matadores, dia e noite, no inverno e no verão."

Ela sentiu o rosto dele próximo da sua fronte.

"É amedrontador, naturalmente, não poderia deixar de ser. Homens que mataram homens e esperam para pagar. Na verdade, é trágico. Eu diria inclusive que, de certa maneira, é grandioso."

"Grandioso?"

"Não no sentido literal... mas de certa forma... aquela luzinha no meio da noite, como uma vela iluminando a morte... meu Deus, tem mesmo algo de majestoso. E note que não se trata da morte de uma pessoa, de uma vela sobre a sua sepultura, mas de uma só e grande morte. Você está com frio? Eu disse que se agasalhasse."

Permaneceram algum tempo ali, sem tirar os olhos da pequena chama lá embaixo.

"Está mesmo muito frio", disse Diana, e se afastou da janela. "Bessian, saia daí", pediu, pouco depois. "Você vai se resfriar."

Ele deu uns passos em direção ao centro do quarto. Naquele momento ouviram um som pesado que fez ambos estremecerem. Um relógio de parede, no qual ainda não tinham reparado, soou duas horas.

"Meu Deus, cheguei a tremer!", exclamou Diana.

Debruçou-se outra vez sobre a mala e ficou remexendo ali por algum tempo.

"Quer que eu pegue o seu pijama também?"

Ele murmurou qualquer coisa e começou a dar voltas pelo quarto. Diana se aproximou do espelho que pendia sobre uma arca.

"Está com sono?", perguntou, pouco depois.

"Não. E você?"

"Também não."

Ele sentou na cama e acendeu um cigarro.

"Talvez não devêssemos ter tomado o segundo café", comentou.

Diana disse algo, mas como no canto esquerdo da boca segurava um grampo com que iria prender os cabelos, as palavras não saíram.

Bessian se apoiou na cabeceira da cama e ficou seguindo com um olhar distraído os movimentos da esposa, seus velhos conhecidos, diante do espelho. O espelho, a arca embaixo dele, o relógio de parede, assim como o leito e a maioria dos demais móveis da *kullë*, lembravam o estilo barroco, porém sumamente simplificado.

Enquanto se penteava diante do espelho, Diana olhava de esguelha as espirais da fumaça sobre a cabeça pensativa de Bessian. O pente deslizava cada vez mais lentamente em seus cabelos, como se vacilasse. Em seguida, sua mão ficou suspensa no ar por um momento. Devagar, ela pôs o pente em cima da arca e, sem tirar os olhos do reflexo do esposo no espelho, com passos leves, quase como se receasse chamar a atenção dele, aproximou-se da janela.

Lá fora só havia aflição e noite. Ela se deixou percorrer pelo frêmito de ambas, enquanto os olhos buscavam com afã a luzinha perdida naquele caos. Por fim, achou-a. Estava no mesmo lugar, lá embaixo, como que suspensa sobre o abismo, bruxuleando debilmente, com a escuridão quase a devorando. Por uns bons minutos seus olhos não conseguiram se desgrudar daquele ponto avermelhado cercado de trevas. Era como a chama de um fogo primitivo, um antiquíssimo magma, milenar, cuja escassa luz provinha das entranhas do globo terrestre. Eram os portais do inferno. E, inesperadamente, Diana recordou com uma nitidez insuportável a imagem dele, o que passara por aquele inferno. "Gjorg!", exclamou consigo, movendo os lábios entorpecidos. Ele ia e vinha por aqueles caminhos inacessíveis, com os chamados da morte nas mãos, na manga, nas asas. Havia de ser um semideus para enfrentar a treva e o caos dos primórdios do mundo. E assim, inusitado, inesquecível, adquirira proporções colossais, inflava-se e flutuava como um uivo através da noite.

Agora já não conseguia acreditar que o vira e fora vista. Achou-se esmaecida e comum comparada a ele. Repetiu as palavras de Bessian: "O Hamlet das montanhas". O meu príncipe negro.

Haveria de reencontrá-lo? E ali, na janela, com a fronte enregelada pelo frio do vidro, entendeu que estava disposta a muita coisa por aquele reencontro.

No mesmo momento sentiu atrás de si a respiração do esposo e a mão dele apoiada em seu quadril. Por algum tempo ele acariciou suavemente essa parte de seu corpo, que o atraía em especial, e depois, embora não pudesse ver o rosto dela, indagou em tom abafado: "O que há com você?".

* * *

Diana não respondeu, apenas manteve o rosto colado ao vidro escuro, como se convidasse Bessian a também olhar para a imensidão da noite.

4.

Quando subia as escadas de madeira que levavam ao terceiro andar da *kullë*, Mark Ukaçjerra ouviu uma voz que o admoestava, baixinho: "Silêncio! Os hóspedes ainda estão dormindo!".

Ele continuou a subir, sem mudar nada em sua marcha, e a voz no alto da escada insistiu: "Cuidado, eu disse. Não ouviu que os hóspedes estão dormindo?".

Mark ergueu os olhos para ver quem ousava falar assim, no justo momento em que um dos criados espichou o pescoço para ver quem fazia tanto barulho. Este cobriu a boca com as mãos, de puro terror, ao reconhecer o feitor do sangue.

Mark Ukaçjerra continuou a subir e, ao chegar ao topo da escada, passou pelo serviçal petrificado sem dizer nada, sem sequer voltar a cabeça.

Um dos primos mais próximos do príncipe, ele era chamado de feitor do sangue por arcar com a parte referente às vendetas na divisão de tarefas da *kullë*. Os criados — alguns também parentes do príncipe, ainda que distantes — tinham quase tanto medo dele quanto do seu senhor supremo. Assombrados, viram o colega, que escapou de uma tempestade mais que certa, evocando, não sem aflição, outras ocasiões em que haviam pago bem caro por pequenos descuidos. Porém, o feitor do sangue, a despeito do grande jantar com os hóspedes na véspera, tinha uma cor terrosa naquela manhã. Logo se via que estava aborrecido e com o pensamento noutro lugar. Sem olhar para ninguém, ele empurrou a porta de um grande cômodo contíguo ao quarto de hóspedes e entrou.

O aposento estava frio. Pelas janelas, estreitas mas altas, com esquadrias de carvalho sem pintura, introduzia-se uma luminosidade que lhe pareceu vir de um dia hostil. Aproximou-se mais e divisou lá fora nuvens imóveis. O mês de abril já estava começando, todavia no céu ainda era março. O pensamento lhe trouxe certo agastamento, como se também aquilo fosse uma injustiça dirigida especificamente contra ele.

Cravou os olhos lá fora, como se quisesse se penitenciar enfrentando aquela luz que, embora fria, também ofuscava, e no mesmo instante esqueceu os corredores percorridos com passos de veludo, os "psiu!", os "silêncio!", tudo por causa dos hóspedes de Tirana, que, sem que ele soubesse bem o motivo, haviam lhe despertado um sentimento hostil.

O jantar como um todo o fatigara. Seu apetite havia desaparecido. Ele sentira no estômago uma acidez insistente, um vácuo que procurara preencher; contudo, quanto mais comia, mais suas entranhas se esvaziavam.

Mark Ukaçjerra desviou os olhos da janela e por certo tempo examinou as pesadas prateleiras de carvalho que formavam a biblioteca. Os livros, em sua maioria, eram antigos, uns religiosos, outros em latim ou em albanês arcaico. Numa estante à parte se encontravam as publicações contemporâneas, todas direta ou indiretamente relacionadas com o *Kanun* e a *kullë* de

Orosh. Havia volumes inteiros dedicados ao assunto, ou revistas com excertos de livros, ensaios e poemas.

As questões referentes à vendeta eram o trabalho principal de Mark Ukaçjerra, mas, na realidade, ele se encarregava também dos arquivos da *kullë*. Estes ficavam na parte inferior da biblioteca, em compartimentos trancados, revestidos internamente de lâminas de ferro. Ali estava encerrada toda a memória de Orosh: atas, tratados secretos, correspondências com cônsules estrangeiros, acordos com governos albaneses, da Primeira República, da Segunda República e da Monarquia, entendimentos com governantes ou comandantes de tropas de ocupação, turcas, sérvias, austríacas. As atas estavam lavradas em várias línguas, mas a maioria em albanês arcaico. Um grande cadeado, cuja chave ele trazia pendurada no pescoço, lançava seu brilho acobreado entre duas argolas.

Mark Ukaçjerra deu mais um passo em direção à estante, e sua mão, com um gesto entre acariciador e brutal, tocou a fileira de revistas e livros contemporâneos. Ele sabia ler e escrever, porém não a ponto de compreender em sua totalidade o que ali se dizia de Orosh. Um dos religiosos do convento, que não ficava longe, comparecia uma vez por mês para ordenar por conteúdo os livros e revistas que chegavam à *kullë*. Cabia a ele separar os bons dos maus, ou seja, os que falavam bem de Orosh dos que falavam mal. A proporção entre os bons e os maus se modificava constantemente. Em geral, havia mais livros bons, entretanto os maus tampouco escasseavam. Em certas ocasiões os maus se multiplicavam de maneira impetuosa, quase ameaçando a supremacia dos bons.

Pela segunda vez a mão de Mark percorreu nervosamente os livros, derrubando dois ou três. Ali havia novelas, dramas e lendas sobre as montanhas do Norte, que, segundo o padre que os lia, tinham o poder de apaziguar a alma, mas havia também os amargos como veneno, os quais não se entendia como o príncipe permitia que fizessem parte de sua biblioteca. Por ele, Mark Ukaçjerra, aqueles livros já estariam reduzidos a cinzas havia tempo. Todavia, o príncipe era tolerante. Não só não os queimava e não os atirava pela janela, como vez por outra chegava mesmo a folheá-los rapidamente. Mas ele era o amo, e devia saber o que fazia.

Ontem mesmo, após o jantar, quando ele mostrava aos convidados a ala do quarto de hóspedes, ao chegarem àquela sala dissera: "Muitas e muitas vezes destilaram veneno contra Orosh, porém Orosh não se abalou, e jamais há de se deixar abalar". E em lugar de se dirigirem às ameias da torre, seus olhos haviam fitado as fileiras de livros e revistas, quase como se ali estivesse, além do ataque, a defesa da *kullë*. "Quantos governos não caíram", prosseguira o príncipe, "quantos reinos não foram varridos da face da terra, enquanto Orosh permanece de pé?"

Ele, o hóspede — o escritor, com quem Mark antipatizara desde o início — e sua bela mulher se inclinavam para ver os títulos dos livros e revistas, sem dizer nada. Pelo que Mark entendera da conversa à mesa, o hóspede escrevera sobre aquelas montanhas de tal maneira que ninguém sabia se falara bem ou mal delas. Era, em suma, um tipo de hermafrodita. E talvez tivesse sido justamente por isso que o príncipe o convidara para ir a Orosh, levando inclusive a mulher: para saber o que ele pensava de fato e tratar de atraí-lo.

O feitor do sangue voltou as costas para a biblioteca e olhou de novo pela janela. Para ele, Mark, aquele sujeitinho da cidade não merecia muita confiança. Não se tratava apenas do impreciso sentimento de hostilidade que o assaltara desde o primeiro instante em que vira o casal, subindo as escadas com suas maletas de couro nas mãos. Era algo mais, algo que até mesmo dera origem à antipatia. Era uma espécie de medo deles, sobretudo da mulher. O feitor do sangue sorriu amarga e silenciosamente. Qualquer um se assombraria ao ouvir que ele, Mark Ukaçjerra, que tão poucos temores sentira na vida, mesmo diante de coisas que intimidavam os mais audazes, sentira medo de uma mulher. No entanto, era exatamente isso. Ele sentira medo dela. A mulher punha em dúvida o que se dizia à mesa de jantar. Logo se via, só por seus olhos. Uma parte do que seu senhor, o príncipe, dissera, e que para ele eram leis eternas, perdia a força, desmoronava de manso, arruinava-se assim que deparava com aqueles olhos. "Será possível?", perguntara-se, mais de uma vez, e também consigo respondera: "Não, não é possível, isso é maluquice". Porém, voltara a observar os olhos da moça e constatara que era aquilo mesmo. As palavras se liquefaziam naqueles olhos, desfaziam-se. E, no rastro das palavras, desmoronavam sem resistência um pedaço da *kullë*, ele próprio, Mark Ukaçjerra, e depois dele... Era a primeira vez que uma coisa como essa lhe acontecia, daí, aparentemente, tamanho medo. Os aposentos de hóspedes do príncipe já haviam abrigado visitantes importantes, desde enviados do papa, ou homens da intimidade do rei Zog, até aqueles sábios barbudos que se diziam filósofos ou eruditos, e nenhum deles despertara em Mark tal temor.

Talvez fosse esse o motivo por que naquela noite o príncipe tivesse falado mais que de costume. Era sabido que ele falava pouquíssimo, às vezes só abria a boca para dar boas-vindas aos hóspedes, e os outros é que tinham que sustentar a conversação. Ao passo que ontem, para espanto de todos, ele rompera seu hábito. E logo diante de quem! Diante de uma mulher! Mulher não, bruxa, ela havia de ser. Bela como as ninfas dos bosques, mas uma ninfa do mal. Do contrário, não haveria de ameaçar o poderio do seu amo. Na verdade, o erro começara já quando permitiram, contra o costume, que ela ficasse no aposento dos homens. Não era por acaso que o *Kanun* proibia a entrada de mulheres na sala destinada aos amigos. Ocorria, contudo, desgraçadamente, que nos últimos tempos a moda assim o ditava, a ponto de seu espírito satânico se fazer sentir até lá, em Orosh, sustentáculo do *Kanun*!

Mark Ukaçjerra voltou a sentir aquele desagradável vácuo no estômago. Uma raiva surda, mesclada de náusea, buscava um caminho para emergir, mas, talvez por não encontrar o lugar adequado, recuava outra vez entranhas adentro, para fazê-lo sofrer. Ele tinha ânsias de vômito. A bem da verdade, havia tempo detectara um vento amaldiçoado, que soprava desde longe, das cidades e das planícies completamente privadas de virilidade, e tentava penetrar nas montanhas e contagiá-las também. Aquilo vinha acontecendo desde que começaram a aparecer aquelas mulheres enfeitadas, de cabelos castanhos ou alourados, que atiçavam a sede de viver, mesmo que na desonra, mulheres em carruagens sacolejantes, verdadeiras carruagens-meretrizes, acompanhadas por sujeitos que podiam ser qualquer coisa, menos homens. E, o que era pior, aquelas bonequinhas cheias de caprichos se intrometiam até na sala dos homens, e logo onde!, ali mesmo, em Orosh, berço do *Kanun*. Não, nada daquilo ocorria por acaso. Algo se corrompia rapidamente em torno dele, algo vinha abaixo. Enquanto o admoestavam, a ele, para que explicasse por que as vendetas estavam escasseando. Na noite passada, inclusive, o próprio amo dissera, de passagem, mas com grande amargura: "Certas pessoas buscam uma suavização do *Kanun* dos nossos ancestrais", e olhara de esguelha para Mark. O que o senhor de Orosh quisera dizer com aquele olhar? Seria ele, Mark Ukaçjerra, o culpado se nos últimos tempos havia sinais de abrandamento na observância do *Kanun* e sobretudo da vendeta? Não sentia ele o mau cheiro que soprava das cidades hermafroditas? Era um fato que naquele ano tinham minguado as rendas oriundas do tributo do sangue, mas ele não era o único culpado, assim como não era apenas por mérito do feitor das terras que a colheita de cereais fora abundante. Caso o tempo piorasse, ele queria ver quanto cereal havia de ser colhido. Ocorrera que o tempo tinha estado excelente, graças a Deus Todo-Poderoso, e o príncipe até elogiara o feitor das terras. Ao passo que o sangue não era como a chuva, que cai do céu. As causas de sua escassez eram nebulosas em extremo. Ele, naturalmente, teria sua cota de responsabilidade em tudo aquilo. Mas não dependia só dele. Ah, deixassem-no reunir em suas mãos uns tantos poderes e agir à sua maneira, e então poderiam lhe pedir que prestasse contas das rendas do sangue, uma por uma. Aí, sim, ele haveria de saber o que fazer. Mas, embora as pessoas estremecessem ao ouvir sua temível alcunha, os poderes dele não iam longe, e era por isso que os negócios no ramo do sangue andavam mal nas montanhas. O número de mortes vinha caindo de ano para ano, porém a última estação fora especialmente catastrófica. Ele já o pressentia, e aguardara com o coração nas mãos as conclusões da contabilidade que seus assessores haviam realizado poucos dias antes. O resultado tinha sido ainda pior do que se esperara: chegara às suas arcas menos de setenta por cento da soma da mesma estação no ano anterior. E isso quando a contabilidade geral acusava grandes somas auferidas pelo feitor das terras e por todos os demais servidores do príncipe, como o feitor do gado e dos pastos, o das minas, e em particular o dos moinhos, que supervisionava tudo o que era feito com o emprego de instrumentos, desde os teares até as forjas. Ao passo que as rendas dele, o principal dos feitores (pois as dos outros provinham somente das propriedades da *kullë*, enquanto as dele chegavam de toda a região), pois então, as rendas dele, o feitor principal, que outrora se equiparavam à soma das de todos os outros, agora mal alcançavam a metade.

Por isso o olhar do príncipe durante o jantar da véspera fora mais amargo que suas palavras. Era como se dissesse: "Você é o feitor do sangue, e portanto devia ser o maior animador das vendetas, cabe a você incitá-las, despertá-las, exacerbá-las quando se apaziguam ou adormecem. E, no entanto, anda fazendo o oposto. Você desmerece a alcunha que ostenta". Pois era isso que o olhar dizia. "Ó Deus", suspirou Mark Ukaçjerra diante da janela. Por que não o deixavam em paz? Será que já não bastavam os seus problemas?...

Ele tratou de deixar aqueles pensamentos de lado, inclinou-se para a parte inferior da biblioteca e depois de abrir uma das pesadas portas, extraiu dali um livro de contabilidade, encadernado em couro e extraordinariamente volumoso. Era o *Livro do sangue*. Seus dedos viraram repetidas vezes as folhas grossas, divididas em duas estreitas colunas preenchidas por uma caligrafia apertada. Os olhos não liam, apenas percorriam friamente aqueles milhares de nomes, cujas sílabas se assemelhavam entre si como os seixos das margens de um lago imenso. Ali estavam registradas nos mínimos detalhes todas as vendetas do Rrafsh, as dívidas de sangue que as famílias, ou clãs, haviam contraído umas para com as outras, os pagamentos de uma e de outra parte, e o sangue não pago, que reacendia as vendetas após dez, vinte, às vezes cento e vinte anos, inumeráveis contas de receitas e despesas, gerações humanas exterminadas por completo, as cadeias *do sangue*, como eram denominadas as linhagens paternas, e as *do leite*, maternas, mortes saldadas com mortes, fulano por beltrano, um por um, cabeça por cabeça, mortes seguidas por mortes, uma delas dando origem a um par, depois a quatro, a catorze, a vinte e quatro, e sempre com uma morte não saldada à frente, uma morte decisiva, que, como a mula-madrinha que guia a tropa, vanguardeava novas legiões de mortos.

O livro era antigo, talvez tão antigo quanto a *kullë*. Não faltava nada ali, e suas páginas eram abertas para investigações a pedido dos enviados de famílias ou clãs que viviam havia tempo sem vendeta, porém repentinamente voltavam a se conturbar, baseados numa dúvida, numa suposição, numa impressão ou num sonho mau. Então o feitor do sangue, Mark Ukaçjerra, assim como tinham feito dezenas de predecessores, abria o registro e pesquisava página por página, coluna por coluna, através da rede das linhagens de sangue, até enfim achar algo: "Sim, de fato vocês têm uma dívida de sangue. No mês tal do ano tal houve um débito que não foi saldado". Nessas ocasiões, os olhos do feitor do sangue exprimiam uma severa repreensão por tão longo esquecimento. Davam a impressão de dizer: "A paz de vocês tem sido uma mentira, ó desgraçados!".

Entretanto, isso ocorria muito raramente. Na maioria das vezes, todas as dívidas de sangue eram relembradas, geração após geração, por todos os membros da família. Constituíam a memória mais importante de um clã, que só se apagava no caso de acontecimentos excepcionalíssimos e de longa duração, como guerras, êxodos, pestes, momentos em que a morte se desvalorizava, perdia a majestade, desregulava-se, desindividualizava-se, e assim, banalizada e tediosa, já não tinha peso nenhum. Em tais lamacentas avalanches da morte, sim, ocorria de uma vendeta cair no olvido. Contudo, mesmo então, ali estava o livro, encerrado na *kullë* de Orosh. E à medida que os anos passavam, o clã florescia e ganhava novos ramos, um belo dia chegava afinal a suspeita, a impressão ou o sonho mau que trazia tudo de volta.

Mark Ukaçjerra não parava de folhear o livro. Seus olhos ocasionalmente se detinham em certos anos de ascensão da vendeta, ou, ao contrário, em anos de refluxo. Embora já os tivesse verificado e comparado dezenas de vezes, agora que os via assim enfileirados balançava a cabeça, atônito. Havia naquele gesto uma aflição entremeada de ameaça, como se ele fulminasse em silêncio as eras passadas. Ali estava o período de 1611 a 1628, com o maior número de vendetas em todo o século XVII. E em seguida 1639, com uma cifra mais modesta: só setecentas e vinte e duas mortes em todo o Rrafsh para pagar dívidas de sangue. Fora um ano tremendo, com duas insurreições em que correram rios de sangue, porém um sangue de outro tipo, alheio ao *Kanun*. Depois, entre 1640 e 1690, ao longo de meio século portanto, o sangue que antes jorrara aos borbotões somente gotejava. Parecia que as vendetas se extinguiam. Todavia, justamente quando estavam como que agonizando, elas explodiam em nova escalada: 1691, o dobro do sangue; 1693, o triplo; 1694, o quádruplo. É que ocorrera então uma mudança fundamental no *Kanun*. A vendeta, que antes recaía apenas sobre o *dorërasë* — o indivíduo que disparara o fuzil —, passara a se estender a todo o clã. Os anos da virada do século XVII para o XVIII se cobriram de sangue. E assim as coisas continuaram, até meados do século XVIII, quando surgiram os sinais de uma nova estiagem. Ali estava um ano de seca: 1754. E outro, mais tarde: 1799. Um século depois, três anos seguidos, 1878, 1879 e 1880, mas tinham sido anos de insurreições e guerras contra invasores, em que a vendeta habitualmente arrefecia. O sangue que corria era alheio à *kullë* de Orosh e ao *Kanun*, portanto tinham sido anos de *gjakhupës*.*

Ao passo que no ano em que estavam, a primavera começara mal. Mark Ukaçjerra sentiu um calafrio ao evocar o dia 17 de março. "Dezessete de março", repetiu consigo. Não fosse a tocaia em Brezftoht, aquele teria sido um dia sem sangue. O

* Do albanês *gjak*, "sangue", e *hup*, "perder", isto é, anos em que o sangue "se perdia", sem ser "recuperado" pela vendeta. (N. T.)

primeiro dessa natureza, em branco, em mais de um século, talvez dois, três, cinco séculos, ou quem sabe desde o início das vendetas. Mesmo naquele momento, enquanto folheava o livro, ele sentia os dedos trêmulos. Mas eis que o dia 16 de março tivera oito mortes, o dia 18 de março onze, os dias 19 e 20 de março cinco mortes cada. Apenas aquele 17 de março quase ficara sem mortes. Que coisa medonha. Mark Ukaçjerra considerava o fim do mundo o fato de que pudesse ocorrer uma coisa como aquela. E quase acontecera o pior. A mancha teria sido inevitável se não fosse Gjorg, um certo Gjorg de Brezftoht, que ensanguentara aquele santo dia. E assim, ele, Mark, também se salvara... Por isso, quando Gjorg havia chegado, na véspera, para pagar seu tributo do sangue, Mark Ukaçjerra o fitara nos olhos, com compaixão, com gratidão, a ponto de o outro encabular.

Falara-lhe paternalmente, chamara-o de "meu filho", "meu rapaz", louvara sua pontaria, depois de tomar conhecimento do caso mencionara inclusive o velho ditado: "O chumbo tanto faz furo como tem paga".

Por fim Mark Ukaçjerra deixou o livro sobre a parte inferior da estante. Seus olhos percorreram pela décima vez as revistas e livros contemporâneos. Ao longo de suas investigações, o padre que os classificava costumava ler diferentes passagens de escritos contestando o *Kanun*. Para espanto de Mark Ukaçjerra, eles atacavam dissimulada ou quase abertamente vários elementos do cânon e até mesmo a própria *kullë* de Orosh. Mark ouvia as leituras e resmungava: "Hum, leia mais para a frente". E sua fúria, cada vez maior, abrangia em sua voragem não só quem escrevera aquelas horrendas indignidades, mas toda a gente das cidades e planícies, e as próprias cidades e planícies, se é que não chegava a todas as terras baixas do planeta.

Em certas ocasiões a curiosidade o instigava a ouvir por horas a fio o que diziam tais escritos, como no caso do debate, aberto por uma revista, que examinava se o *Kanun*, com suas leis severas, incitava ou, ao contrário, refreava as vendetas. Uma facção julgava que algumas das prescrições fundamentais do *Kanun* — por exemplo, a que dizia que o sangue jamais se perde e só se lava com sangue — estimulavam a vingança, e portanto ele era um código da barbárie. Já outros insistiam que esses preceitos, sanguinários na aparência, eram na realidade dos mais humanitários, justamente na medida em que, ao legitimar o pagamento da morte com a morte, advertiam aos potenciais assassinos que não derramassem o sangue alheio para que o seu próprio não viesse a correr.

Escritos desse naipe eram até determinado ponto tolerados por Mark Ukaçjerra, mas outros faziam seu sangue ferver. Um ensaio desse gênero repugnante, contendo inclusive estatísticas, fora publicado anonimamente, havia quatro meses, numa daquelas malditas revistas, e roubara o sono do príncipe por noites a fio. O texto registrava, com assombrosa precisão, todos os lucros auferidos ao longo dos quatro anos anteriores pela *kullë* de Orosh, graças aos tributos do sangue; trazia comparações entre tais lucros e os outros, advindos dos cereais, do gado, da venda de terras, das minas e da cobrança de arrendamentos, e daí extraía conclusões insanas. Uma delas era que nos nossos dias, quando se erodia tudo, erodiam-se também as pedras fundamentais do *Kanun*, como a palavra empenhada, a vendeta, a proteção do *amigo*, que já tinham sido valores sublimes da vida albanesa mas com o passar dos anos iam se desnaturando, convertendo-se aos poucos numa máquina desumana, até se rebaixarem hoje, segundo o articulista, à condição de lucrativos procedimentos capitalistas.

O autor do artigo empregava numerosas palavras estrangeiras que Mark não compreendera e o padre havia pacientemente explicado. Recorria, por exemplo, às expressões "indústria do sangue", "mecanismo da vendeta", "o sangue como mercadoria". E o título era uma monstruosidade: "Vendetologia".

Naturalmente, o príncipe, por intermédio de gente de sua confiança em Tirana, conseguira sem demora suspender a revista, porém a despeito de todos os seus esforços não conseguira descobrir o nome do autor do artigo. Mas a suspensão da revista não tranquilizara Mark Ukaçjerra. Apenas o fato de coisas como aquelas terem sido pensadas por um cérebro humano já o horrorizava.

"Que bruxaria será essa, Jesus Cristo?", perguntava-se às vezes. Não entrava na cabeça dele como aqueles lugares rebaixados, onde a perfídia tomava o lugar da palavra empenhada, se atreviam a criticar os fundamentos do mundo. "Vagabundos!", disse consigo. "Não admitem a *bessa* nem o *Kanun* e por isso cometem essas vilanias."

O grande relógio de parede bateu sete horas. Mark voltou a se aproximar da janela e assim, de pé, com o olhar perdido na distância dos cumes, sentiu que seu cérebro se livrava de parte do peso de tais pensamentos. No entanto, como de hábito, era uma libertação momentânea. Aos poucos, sua mente iria acumular outra porção de bruma cinzenta. Era algo mais que bruma e algo menos que ideia, algo entre as duas coisas, turvo, amplo e incompleto. Logo que ele conseguia esclarecer uma parte, a outra se obscurecia. E Mark sentia que poderia continuar assim por horas e até dias inteiros.

Não era a primeira vez que seu espírito esbarrava desse modo no enigma do Rrafsh. Este constituía para Mark todo o mundo legítimo, normal e razoável. A outra parte do mundo, aquela "lá embaixo", não passava de uma depressão pantanosa, da qual só se podiam esperar doenças e degradação.

Enquanto permanecia imóvel, com os olhos perdidos, como em outras ocasiões, ele tentou em vão captar em sua mente toda a infinita extensão do Rrafsh, que começava no centro da Albânia e prosseguia além das fronteiras estatais. Todo aquele maciço possuía vínculos com Mark, uma vez que os tributos do sangue vinham de todos os seus confins, e a despeito disso ele continuava a intrigá-lo. Bem mais fácil era o ofício do feitor das terras e vinhas, ou daquele das minas. O milho era algo que se via com os olhos, a praga que atacava a parreira era uma praga visível, as minas também o eram. Ao passo que as searas que o destino lhe confiara eram invisíveis. Às vezes lhe parecia que estava para captar o enigma, que o aprisionara no cérebro para afinal decifrá-lo, mas ele se ia, lentamente, como as nuvens que se deslocam erráticas pelos céus. Então sua mente retornava às searas da morte, buscando em vão descobrir o que as tornava férteis ou estéreis. Era uma estiagem peculiar que as atacava, com frequência em meio às chuvas de inverno, o que a tornava ainda mais temível.

Mark Ukaçjerra suspirou. Com os olhos cravados num ponto longínquo, tratou novamente de imaginar a extensão sem limites do grande Rrafsh. Era um lugar repleto de chapadas, torrentes, abismos, neve, prados, aldeias, igrejas, mas essas coisas não interessavam a ele, Mark Ukaçjerra. Para ele, todo o imenso Rrafsh se dividia em apenas duas partes: uma que tinha mortes e outra estéril. A parte mortífera — terras, coisas e gente — desfilava agora devagar pelo seu cérebro, como em diversas outras vezes. Eram milhares de cursos de água, grandes e pequenos, que corriam do ocidente para o oriente, ou do sul para o norte, permitindo que às suas margens crescessem tantos e tantos conflitos, seguidos por vendetas. Eram centenas de rodas-d'água, milhares de marcos divisórios, em meio aos quais também brotava lentamente a cizânia, e atrás dela o sangue. Dezenas de milhares de laços de compadrio, parte dos quais se rompia por diferentes razões, acarretando somente luto. Todos os machos do Rrafsh, perigosos, inflamáveis, a brincar com a morte como quem brinca de roda. E assim por diante. Já a parte estéril era, desgraçadamente, não menos extensa. Cemitérios que, parecendo fartos da morte, já não a aceitavam, porque neles eram proibidas as tocaias, as brigas e até as discussões. Aqueles casos em que, em razão da modalidade ou das circunstâncias da morte, o *Kanun* proclamava *gjakhupës*. Os padres, que jamais eram envolvidos nos derramamentos de sangue. E todas as mulheres do Rrafsh, que a vendeta também excluía.

Muitas vezes Mark ruminara loucuras que jamais ousaria confessar a ninguém. Se as mulheres fossem incluídas tal como os homens... Mais tarde sentira vergonha de si próprio, chegara a experimentar certo temor, contudo aquelas eram ocasiões raras, provocadas mais pelo desespero quando examinava a contabilidade no fim do mês ou do trimestre. Exausto, ele tratava de pensar noutra coisa, porém a mente voltava sempre ao assunto, apenas não mais para blasfemar contra o *Kanun*, e sim para admirá-lo. Dessa forma, ele se espantava de ver como os casamentos, tão alegres, com frequência geravam vendetas, ao contrário dos sepultamentos, embora estes fossem tão tristes. Daí a imaginação partia para as comparações entre vendetas novas e antigas. Cada tipo tinha seus prós e seus contras. As vendetas antigas, assim como as eiras de terra longamente cultivadas, eram de confiança, mas um tanto frias e vagarosas. As novas, de maneira oposta, tinham ímpeto, e às vezes produziam num ano mais mortes que as antigas em duas décadas. No entanto, não tinham estabilidade, podiam ser encerradas por uma pacificação súbita. Já as velhas vendetas dificilmente se extinguiam. Cada geração se acostumava a elas desde o berço, e nem concebia a vida em paz. Não por acaso rezava o ditado: "A vendeta depois dos doze anos é como o carvalho, ninguém abala". Porém, Mark Ukaçjerra chegara à conclusão de que ambos os tipos de vendeta, as antigas com sua história e as novas com sua vivacidade, estimulavam-se entre si, e a expansão de uma se refletia na outra. Nos últimos tempos, por exemplo, era difícil dizer qual delas começara a refluir primeiro. "Ó Deus!", exclamou. "Se as coisas continuarem assim, estou completamente liquidado."

O primeiro toque do relógio lhe provocou um calafrio. Ele contou as badaladas: ... seis, sete, oito. Atrás da porta, nos corredores, só se ouvia o trabalho suave de uma vassoura. Os hóspedes ainda dormiam.

A luminosidade matinal, ainda que um pouco mais intensa, conservava aquela frieza hostil das longínquas paragens de onde vinha. "Ó Senhor!", suspirou Mark, dessa vez mais profundamente, a ponto de sentir que os joelhos se abalavam como os pilares de um casebre prestes a ser demolido. Seu olhar se perdeu outra vez naquele céu acinzentado, que se estendia, solitário, acima das montanhas, sem que jamais se conseguisse atinar se era ele que as assombrava ou se era assombrado por elas.

O olhar de Mark Ukaçjerra continha tanto interrogações como ameaças, além de uma súplica por piedade. "O que tens?", indagavam aqueles olhos à amplidão diante de si. "Por que te fizeste assim?..."

Ele sempre julgara conhecer a fundo aquele Rrafsh, que era considerado um dos maiores e mais sombrios maciços montanhosos da Europa: estendia-se por todo o norte da Albânia e continuava a seguir, além das suas fronteiras, pelas terras albanesas de Kossovë, ou, segundo os eslavos, pela Velha Sérvia, que na realidade não passava de uma parte do maciço. Era o que ele pensava, porém nos últimos tempos sentia com frequência cada vez maior que alguma coisa lhe escapava no Rrafsh. Sua mente se estafava pelas bordas das encostas, como se buscasse saber de onde vinha aquele traço indecifrável, ou, pior, aquela ponta de zombaria na luminosidade da manhã. Mais ainda quando sobrevinham lufadas de vento e as montanhas se destacavam; então, estas lhe pareciam absolutamente estranhas.

Mark sabia que o mecanismo da morte se encontrava ali, erigido desde tempos imemoriais, um antiquíssimo moinho que moía noite e dia e cujos segredos ele, como feitor do sangue, conhecia melhor do que ninguém. Entretanto, isso não o ajudava a exorcizar aquela sensação de alheamento. Então, como que para se convencer do contrário, ele se punha a percorrer em pensamento todos os sentidos daquela imensidão fria que em seu cérebro se espraiava com uma estranha configuração, algo intermediário entre um mapa e a toalha posta na mesa para um almoço fúnebre.

Aquele mapa fúnebre vinha agora à sua mente, diante das janelas da biblioteca. Em rígida formação, desfilavam por sua imaginação todas as terras aráveis do Rrafsh. Elas se dividiam em duas grandes categorias: terras cultivadas e glebas abandonadas por causa de vendetas. Tudo obedecia a um regulamento muito simples: as pessoas que tinham vinganças a executar lavravam seus campos, já que cabia a elas matar e nada as ameaçava. Inversamente, as pessoas a quem tocava ser mortas abandonavam suas lavras, pois precisavam se trancar numa *kullë* de enclausuramento. Assim permaneciam as coisas até a morte seguinte. Nesse momento, invertia-se tudo: o clã que até ontem buscava vingar seu sangue perdia, junto com o título de *gjaks*, a liberdade e se enclausurava, ao passo que os enclausurados de ontem, agora libertos, convertiam-se em *gjaks*. E então se aguardava uma nova tocaia, para que a máquina cumprisse mais um ciclo.

Toda vez que Mark Ukaçjerra atravessava as montanhas, seus olhos sempre reparavam nas proporções entre as terras lavradas e as incultas. Os campos abandonados eram a sua alegria. Nos últimos anos, com o refluxo das vendetas, eles vinham escasseando, e por isso lhe eram ainda mais caros. Clãs inteiros aceitavam passar fome para escapar da vingança, assim como outros tantos faziam o contrário, adiando a vingança estação após estação e ano após ano. "És livre para sustentares tua hombridade ou para te infamares", dizia o *Kanun*. Entre o pão e o sangue, cada um escolhia o que mais lhe convinha. Alguns ficavam com o sangue, outros, para a sua vergonha, optavam pelo pão.

Não raro ocorria de as glebas aradas e as incultas serem vizinhas. Para Mark Ukaçjerra, os torrões dos campos semeados tinham algo de infamante. O vapor que se desprendia deles, seu aroma e maciez de fêmea lhe provocavam náuseas. Já as glebas incultas, bem ao lado daquelas, porém com fendas lembrando ora rugas, ora punhos cerrados, emocionavam-no a ponto de lágrimas brotarem em seus olhos. Em todos os recantos do grande maciço a paisagem se repetia: campos arados, campos incultos, dos dois lados dos caminhos, uns colados aos outros, mas como estranhos que se entreolhavam com ódio. E o mais inacreditável era que, uma ou duas estações mais tarde, seus destinos se invertiam: a terra inculta subitamente se tornava fértil e a lavra de ontem tombava no abandono.

Tal como já fizera incontáveis vezes ao longo daquela manhã, Mark Ukaçjerra suspirou. Seu pensamento ainda estava longe. Das terras passara aos caminhos, parte dos quais havia percorrido, a pé ou a cavalo, durante seus afazeres. A Estrada Grande dos Montes Malditos, a Estrada da Sombra, a Estrada do Drin Negro e a que acompanhava o Drin Branco,* a Estrada Ruim, a Estrada Grande dos Flamur, a das Cruzes. Por elas transitavam dia e noite os moradores do Rrafsh. Trechos específicos daquelas estradas se encontravam sob proteção permanente de *bessa*. Assim, na Estrada Grande dos Flamur, a jornada entre a Ponte de Pedra e o Castanhal Grande estava sob a *bessa* dos Ni-

* Dois rios do norte da Albânia. (N. T.)

kaj e de Shalë. Na Estrada da Sombra, igualmente, a parte que ia dos Campos de Rekë até o Moinho do Surdo estava sob *bessa*. Toda a Estrada dos Tsurraj até o Arroio Frio também se achava sob *bessa*. As estalagens dos Nikaj e de Shalë eram protegidas por *bessa*. A Estalagem Velha da Estrada da Cruz estava sob *bessa*, com exceção do estábulo. Idem para a Estalagem da Viúva, incluindo quatrocentos passos de estrada a contar do portão norte. Para as gargantas do Arroio das Ninfas, contando quarenta passos no comprimento e na largura. Para as *kullë* dos Rrëzë. Para o Prado das Cegonhas.

Mark tratou de trazer à lembrança a fileira dos outros lugares que estavam sob a *bessa* de alguém e ainda os que estavam sob a *bessa* de todos, ou seja, onde ninguém podia ser morto em vendeta: era o caso de todos os moinhos, sem exceção, até quarenta passos à direita e à esquerda; de todas as quedas-d'água, até quatrocentos passos à direita e à esquerda, já que o rumor da torrente impedia que se ouvisse o brado de advertência do matador. O *Kanun* jamais esquecia coisa alguma. Inúmeras vezes Mark Ukaçjerra se pusera a meditar se essas interdições limitavam ou, ao contrário, estimulavam as vendetas. Às vezes lhe parecia que, ao proclamarem a proteção de qualquer caminhante, elas afastavam a morte, contudo noutras ocasiões ele concluía que, longe disso, as estradas e estalagens sob *bessa*, com a promessa de vingar qualquer um que tombasse em seu território, deflagravam novas vendetas. Em seu entendimento, tudo aquilo era obscuro e dúbio como a maior parte do *Kanun*.

O mesmo ele indagara em tempos passados sobre as cantigas de vendeta, entoadas por todo o Rrafsh. Não faltavam cantadores nas aldeias e nas províncias. Não havia estrada em que não se cruzasse com eles, nem estalagem em que não se pudesse ouvi-los. Se estimulavam ou reduziam as mortes, já era difícil dizer. Idêntico era o caso das histórias que corriam de boca em boca sobre acontecimentos mais ou menos remotos, relatos feitos após os jantares de inverno, ao pé do fogo, e mais tarde divulgados pelos viajantes, para retornarem noutra noite, metamorfoseados, tal como muda com o tempo um hóspede de outrora. Parte desses relatos ele encontrara publicados naquelas nauseantes revistas alinhadas em colunas como sepulcros. Para Mark Ukaçjerra, o que era impresso em livros não passava do cadáver daquilo que se contava oralmente ou se cantava com o acompanhamento do *lahutë*.*

Fosse como fosse, quisesse ele ou não, tudo aquilo tinha relação com o seu trabalho. Até mesmo o príncipe em certo sentido o relembrara, duas semanas antes, quando se preparava para recriminá-lo pelo mau andamento dos negócios. A bem da verdade, suas palavras haviam sido um tanto obscuras, porém queriam dizer mais ou menos o seguinte: "Se você anda aborrecido com esse trabalho de feitor do sangue, não esqueça que há muita gente que o ambiciona, e não se trata de qualquer um, mas inclusive de gente com diploma universitário".

Fora a primeira vez que o príncipe mencionara um diploma universitário em certo tom de ameaça. Noutras ocasiões ele recomendara a Mark que estudasse, com a ajuda do padre, tudo o que tivesse a ver com a vendeta, mas dessa feita seu tom era peremptório. Mesmo agora, ao recordá-lo, Mark Ukaçjerra sentia um peso nas têmporas. "Arrume algum letrado, desses que cheiram a perfume, e o ponha no meu lugar", resmungou consigo. "Empregue um feitor escolado, até com diploma universitário; depois, quando seu feitorzinho enlouquecer na terceira semana, há de se lembrar de Mark Ukaçjerra. Hum!"

* Espécie de alaúde, de uma corda só e tangido por um arco, com que se fazem acompanhar os cantadores do norte da Albânia. (N. T.)

Por determinado tempo ele permitiu que seu pensamento corresse selvagemente de alternativa em alternativa, e em todas o príncipe saía arrependido e ele triunfante. "Ainda assim devo fazer uma inspeção pelo Rrafsh", disse consigo, no final, quando sentiu que o momento de embriaguez já passara. Não seria má ideia preparar um relatório para o príncipe, como fizera quatro anos antes, com dados minuciosos sobre a situação e projeções a respeito do futuro. Talvez as coisas não estivessem indo bem para o príncipe e ele estivesse descontando em Mark Ukaçjerra. Mas ele era o senhor, e não cabia ao feitor julgar o amo. Toda a ira abandonara Mark Ukaçjerra. Sua mente, por instantes arrebatada pela cólera, agora se libertava e voltava às longínquas montanhas. Na verdade, aquela viagem se impunha. E mais ainda agora, que ele não se sentia bem. Talvez até seu sono retornasse. Além disso, seria conveniente se afastar por uns tempos dos olhos do príncipe.

O projeto da viagem começou a ocupá-lo, devagar, sem maiores ímpetos, mas com teimosia. E de novo, como pouco antes, vieram-lhe à mente as estradas que podia ser que percorresse em breve, apenas imaginadas de outro ângulo, relacionado com suas alpercatas ou as ferraduras de seu cavalo. Também se apresentava distintamente a lembrança das estalagens onde poderia pousar, os relinchos das montarias à noite, os percevejos.

Seria uma viagem de trabalho, durante a qual talvez devesse rever tudo aquilo que sua mente ligava de alguma forma ao moinho da morte, a suas mós, ferramentas, incontáveis rodas e engrenagens. Seria o caso de inspecionar detalhadamente todo o mecanismo, para detectar onde ele estava pegando, onde enferrujara e onde quebrara.

"Ai!" — sentiu uma dor aguda no estômago. "Melhor seria ver o que não funciona em mim", quis dizer a si próprio, porém deixou a ideia a meio caminho. Quem sabe a mudança de ares não expulsaria também aquela dor e aquele vácuo indigesto? Sim, sim, partir quanto antes, ir-se embora dali. Examinar tudo, coisa por coisa, conferenciar longamente, sobretudo com intérpretes do *Kanun*, colher opiniões, entrar em *kullë* por *kullë*, depois contatar os párocos, os eremitas, perguntar-lhes se tinham ouvido falar de murmúrios contra o *Kanun*, pedir-lhes os nomes, para solicitar que o príncipe autorizasse as expulsões... Mark Ukaçjerra se reanimou. Ele podia efetivamente fazer um relatório pormenorizando tudo aquilo e entregá-lo ao príncipe. Mark começou a andar para cima e para baixo na biblioteca. De quando em quando se detinha diante da janela. Em seguida, assim que pensava em algo novo, punha-se outra vez em movimento. Desde já imaginava-se entrevistando intérpretes do *Kanun* cujo julgamento o príncipe sempre tivera em alta conta. Eram perto de duzentos em todo o Rrafsh, no entanto apenas uma dúzia alcançara a fama. Ele precisaria encontrar se não todos, pelo menos a metade deles. Eram os pilares do *Kanun*, os cérebros do Rrafsh, e por certo haveriam de dar uma opinião sobre o estado das coisas, talvez até um conselho ou uma perspectiva de solução. A razão recomendava ainda que ele descesse até a base da vendeta, os *gjaks*. Penetraria nas *kullë* de enclausuramento, conversaria com os reclusos, aqueles que eram a alma viva do *Kanun*. Esse último projeto lhe causou uma satisfação especial. Por mais sábios que fossem os conselhos dos mais célebres intérpretes, a última palavra relativa à morte conforme o *Kanun* era a dos *gjaks*.

Mark esfregou a testa, procurando rememorar os números sobre as *kullë* de enclausuramento reunidos dois anos antes. Ah, já lembrava: eram cento e setenta e quatro *kullë* em todo o Rrafsh, com cerca de mil homens encerrados nelas. Tentou imaginá-las tais como eram, uma aqui, outra ali, sombrias e raivosas, com seteiras negras e portas trancadas por dentro. A imagem delas se entrelaçou com a de canais de irrigação (motivo da presença ali de muitos dos enclausurados), de caminhos e estalagens sob *bessa*, de intérpretes do *Kanun*, cronistas e tocadores de *lahutë*. Tudo aquilo constituía os parafusos, correias e rodas dentadas da velha máquina que havia centenas de anos trabalhava sem parar. "Centenas de anos", repetiu. Dia após dia e noite após noite. Sem jamais se deter. No verão e no inverno. Mas eis que chegara o dia 17 de março para subverter a ordem das coisas. A lembrança do dia infeliz levou Mark Ukaçjerra a dar outro suspiro. Ele tinha a impressão de que, se aquele dia de fato tivesse passado do jeito que quase passou, todo o moinho da morte — suas rodas, pesadas mós, molas e engrenagens incontáveis — rangeria medonhamente, estremeceria da cumeeira aos alicerces, até quebrar e se despedaçar em mil fragmentos.

"Que Nosso Senhor não permita a chegada de um dia assim", disse ele, e de novo sentiu aquela náusea entre o estômago e o coração. De cambulhada, vieram-lhe as recordações de momentos do jantar da véspera, a insatisfação do príncipe... e a alegria de pouco antes morreu ali, dando lugar a um espantoso tormento. "Que tudo vá para o diabo!", disse consigo. O tormento era de um tipo especial, assemelhando-se a uma massa cinzenta que escorresse por toda parte, suavemente, sem arestas nem espasmos de dor; oh, ele preferiria mil vezes que assim fosse, em vez daquele escoar de que não havia escapatória. Mas a massa continuava a torturá-lo, como se já não bastassem seus sofrimentos, que Mark jamais revelara a ninguém. Fazia três semanas que eles se repetiam, cada vez mais frequentes, e súbito ele se fez a pergunta que vinha adiando havia tempo: estaria afetado pelo mal do sangue?

A mesma coisa ocorrera sete anos antes. Ele fora a todo tipo de médicos e tomara remédios de toda espécie, mas não apresentara melhora alguma, até que um velho de Gjakova lhe dissera: "É inútil se medicar e ir ao doutor, meu filho. Seu problema não tem nada a ver com doutores nem remédios, é o mal do sangue". "Do sangue?", espantara-se ele. "Mas, tio, eu não matei ninguém." E o velho: "O problema não é esse, filho, se tivesse matado talvez fosse até mais simples; é o seu tipo de trabalho que dá o mal do sangue". Então ele contara que os outros feitores do sangue na sua maioria tinham contraído a doença e, pior ainda, nunca mais se curaram. Já ele, o velho, conseguira se curar nos montes além de Orosh. Dizia-se que o ar ali era muito bom contra aquele tipo de doença.

Por sete anos Mark vivera tranquilo, e só agora, nos últimos tempos, a enfermidade voltara a se manifestar. Já era difícil tratar o sangue doente de uma única pessoa. Imagine-se o mal de um sangue tamanho que não se sabia onde começava nem onde terminava? Não era sangue, mas uma sangueira em torrente, sangue de várias gerações, que corria misturado por todo o Rrafsh, sangue novo, sangue velho, havia anos e havia séculos.

"Mas talvez seja outra coisa", suspirou, agarrando-se a uma derradeira esperança. Talvez fosse simplesmente um mal-estar passageiro, pois do contrário seria de enlouquecer. Ele julgou ter ouvido um ruído atrás da porta e prestou atenção. De fato. Escutou, vindo do corredor, o ranger de uma porta, depois passos e vozes.

"Parece que os hóspedes acordaram", pensou.

5.

Gjorg retornou a Brezftoht em 25 de março. Viajou quase sem descanso o dia inteiro. Distintamente do que ocorrera na ida, na volta ele permaneceu numa constante sonolência, o que fez o caminho parecer mais curto. Até se admirou um pouco quando reconheceu as vizinhanças da aldeia. Sem entender por quê, retardou sua marcha. O coração também começou a bater mais devagar, ao passo que os olhos procuravam alguma coisa nos morros ao redor. "Os restos de neve já derreteram", disse consigo. As romãzeiras silvestres, porém, ali estavam. Não obstante, respirou com certo alívio. Sabe-se lá por qual motivo, julgara que os restos de neve seriam os mais implacáveis para com ele.

E eis que ali estava o lugar... Uma pequena *murana* fora erguida durante a ausência de Gjorg. Ele se deteve bem em frente a ela. Por um momento achou que se atiraria contra suas pedras, para arrancá-las e espalhá-las pelo campo, até que não sobrasse nem sinal da sepultura, mas quase no mesmo instante em que seu cérebro concebeu o ataque, a mão se pôs a procurar febrilmente uma pedra no leito da estrada. A mão enfim encontrou a pedra e com movimentos canhestros, como se estivesse meio deslocada, lançou-a sobre a *murana*. A pedra fez um barulho abafado, rolou duas ou três vezes, de través, e se acomodou ao lado das outras. Gjorg não tirava os olhos dela, chegou a acreditar que iria se mover outra vez, mas agora ela já parecia muito natural em seu lugar, como se ali estivesse fazia vários anos. Ainda assim, Gjorg permaneceu imóvel.

Com os olhos fixos, observava a *murana*. "Eis o que restou da... da..." (quis dizer: "da vida daquele outro"), contudo lá no íntimo pensava: "Eis o que restou da minha vida".

Todos os seus sofrimentos, as noites sem dormir, o silencioso confronto com o pai, as dúvidas, os pensamentos, os tormentos, eram fruto unicamente daquelas pedras nuas e incompreensíveis. Ele tratou de se afastar, mas não conseguiu. Depressa, o mundo começou a derreter à sua volta, tudo apagou. Ficaram apenas ele e, diante dele, o amontoado de pedras, nada mais. Gjorg e a *murana*, completamente sós sobre a face da terra. Em meio a soluços, quase gritou: "Mas por quê? Por que tudo isso tinha que ser?". A pergunta surgiu nua, como as pedras lá embaixo, doendo, oh, Deus, como doía, e ele tratou de se libertar afinal, de escapar, virar-se e ir tão longe quanto pudesse, longe dela, nem que fosse no inferno, contanto que não fosse ali.

Em casa, Gjorg teve uma acolhida calorosa mas suave. O pai perguntou pela viagem, em poucas palavras, a mãe olhava para ele dissimuladamente, com olhos nebulosos. Ele disse que estava cansado demais da caminhada e das noites sem dormir, e foi se deitar. Por muito tempo os passos e sussurros pela *kullë* se aferraram como garras ao seu sono, até que, por fim, ele adormeceu. No outro dia, acordou tarde. "Onde estou?", indagou-se repetidas vezes, e dormiu de novo. Mesmo depois, ao levantar-se, sentia um peso na cabeça, como se ela estivesse recheada de lã. Não tinha vontade de fazer nada. Nem de pensar.

Assim atravessou todo aquele dia, e também o seguinte, e o outro. Por duas ou três vezes andou pela *kullë*, espiando com olhos imóveis, ora um pedaço de cerca que havia muito tempo exigia um conserto, ora a parte direita do telhado, que tombara no inverno passado. Várias vezes rondou uma pedra quebrada da lareira, deixando-a em seguida por um estrado troncho, porém as mãos não faziam nada. Ele não tinha a menor vontade de trabalhar. Pior ainda, era como se todos os consertos fossem inúteis.

Corriam os últimos dias de março. Em breve começaria o mês de abril. Com sua metade branca e a outra, negra. Abril-morto. Se ele não morresse, entraria numa *kullë* de enclausuramento. Os olhos ficariam fracos em virtude da penumbra, e mesmo se ele continuasse vivo, não veria mais o mundo.

Depois do sono, sua mente se reanimou um pouco. E a primeira coisa que se agitou em seu cérebro foi a possibilidade de encontrar uma saída que o levasse a escapar da morte e da cegueira. Acontece que não havia saída, exceto uma, na qual ele pensou longamente: tornar-se lenhador ambulante. Era o que costumavam fazer os montanheses que abandonavam o Rrafsh. Com o machado nos ombros (cujo cabo enfiavam por dentro da túnica, nas costas, enquanto o gume, negro e brilhante, sobressaía por trás da nuca como uma nadadeira), então, com o machado nos ombros e peregrinando de cidade em cidade, gritavam aquele pregão alongado e melancólico: "Corto lenha!". Não, melhor permanecer no abril-morto (já estava convencido de que a palavra, existente apenas na sua consciência, seria compreendida e até empregada por todos), portanto, melhor continuar ali do que se ir pelo mundo como um lenhador miserável, pelas ruas chuvosas das cidades, pelos porões com respiradouros gradeados de ferro, permanentemente cobertos por uma espécie de pó preto (certa vez vira, em Shkodra, um montanhês cortando lenha num cenário assim). Não. Mil vezes melhor o abril-morto.

Na manhã do penúltimo dia de março, ao descer as escadas de pedra da *kullë*, defrontou-se com o pai. Quis evitar que se estabelecesse um silêncio, mas o silêncio se fez. Depois dele, como que de trás de um muro onde estivesse escondida, veio a voz paterna: "Então, Gjorg, o que quer me dizer?".

Só então ele falou. "Pai, nestes dias que me restam eu queria sair para ver mais uma vez as montanhas."

O pai o fitou bem nos olhos, demoradamente. Não disse nada. "Agora, para mim, tanto faz", pensou Gjorg, sonolento. Afinal de contas, por causa daquilo, não valia a pena brigar de novo com o pai. Já bastava o surdo conflito que haviam tido naqueles dias. Duas semanas antes, duas depois, não fazia grande diferença. Ele podia perfeitamente ficar sem ver as montanhas. Tinha falado, mas falara à toa. Quase acrescentou: "Não é preciso, pai", porém o outro já estava no andar superior.

Desceu pouco depois com uma bolsa na mão. Era muito menor que a bolsa do tributo do sangue. Estendeu-a para ele.

"Vai, Gjorg. Boa viagem!"

Gjorg apanhou a bolsa.

"Obrigado, pai."

O pai não desviava os olhos dele.

"Só não esqueça uma coisa: sua *bessa* acaba no dia 17 de abril."

Parecia que algo se perdera dentro de sua boca.

"Não esqueça, filho", repetiu.

* * *

Fazia alguns dias que viajava. Por diferentes caminhos. Estalagens bizarras. Rostos desconhecidos. Enquanto vivera encolhido em sua aldeia, pensara que o Rrafsh era imóvel, petrificado, sobretudo no inverno. Mas não era assim: havia fartura de movimento. Havia gente que ia de suas bordas para o centro, ou do centro para as bordas. Outros viajavam da esquerda para a direita, ou, ao contrário, da direita para a esquerda. Uns iam morro acima, outros morro abaixo, mas a maioria deles subia e descia tantas ladeiras na mesma viagem, que no fim já nem sabiam se estavam mais alto ou mais baixo do que quando haviam partido.

Vez por outra Gjorg se lembrava do encadeamento dos dias. A marcha do tempo lhe parecia bizarra em extremo. Até um certo horário, o dia se apresentava longo, muito longo; depois, de repente — tal como a gota d'água que tremula de leve sobre uma flor de pessegueiro e súbito cai —, o dia quebrava e acabava. Abril começara, mas mal se anunciava a primavera. Os troncos ainda não estavam cobertos de brotos. Só de quando em quando surgia uma faixa de claridade sobre os Alpes, insuportavelmente intensa, a ponto de tirar o fôlego. "Aí está, chegou abril", diziam entre si os viajantes que se encontravam ocasionalmente nas estalagens. Já era tempo de chegar a primavera, que até demorara bastante naquele ano. Então ele recordava a recomendação do pai quanto ao prazo da *bessa*, ou, para ser mais preciso, não propriamente a recomendação, nem mesmo um pedaço dela, mas apenas a palavra *filho*, a final, e junto com ela um retalho de tempo que ia de 1º a 17 de abril, mais o pensamento de que todos teriam um abril completo, enquanto o dele era especial, pela metade. Depois tratava de se afastar de tudo aquilo e escutava o que diziam os viajantes, que, para seu espanto, podiam não ter nem pão nem sal nos embornais, no entanto jamais careciam de casos para contar.

Nas estalagens era possível ouvir todo tipo de relatos e histórias, sobre gente de toda laia e de todos os tempos. Ele sempre ficava um tanto longe e, satisfeito de não ser importunado, escutava. Sua mente viajava às vezes, fazia esforço para captar pedaços da história e articulá-los com a vida dele, ou, ao contrário, articular pedaços da vida dele com as histórias dos outros. Eventualmente a articulação era fácil, na maioria das vezes não.

E assim prosseguiriam as coisas, quem sabe até o fim, não fosse um episódio. Certo dia, numa estalagem chamada Estalagem Nova (a maioria delas se chamava ou Estalagem Velha ou Estalagem Nova), ele ouviu falar de uma carruagem... Uma carruagem com o interior forrado de veludo preto... Uma carruagem da cidade, com portas entalhadas... "Seria ela?", indagou-se, e levantou para escutar melhor. Sim, era ela. Estavam falando da bela mulher de olhos claros como vidro e cabelos castanhos.

Gjorg estremeceu. Olhou em torno, sem atinar por quê. Era uma estalagem suja, que cheirava a fumaça e a lã molhada, e como se isso não bastasse, a voz que falava da mulher soltava, junto com as palavras, um bafo de tabaco e cebola. Ele voltou a correr os olhos pelo lugar, como se dissesse: "Mas esperem um pouco, será que está certo falar dela num lugar destes?". Porém, os outros continuaram a falar e a rir. Gjorg ficou ali, pregado, prestando e não prestando atenção, com um zumbido nos ouvidos. E num instante o verdadeiro motivo da viagem que iniciara se esclareceu implacavelmente. Um motivo que ele tentara esconder até de si mesmo. Que ele tinha afastado de sua mente com toda a teimosia, que tinha esmagado e pensara haver sepultado bem fundo, mas que estava ali, bem no centro do seu ser: ele partira em viagem não para ver as montanhas, e sim, antes de mais nada, para ver de novo aquela mulher. Procurara, sem nem saber por quê, aquela carruagem, com banco para o cocheiro e formas rebuscadas, que rodava e rodava sem parar em meio ao Rrafsh, enquanto ele suspirava ao longe: "O que faz você por aqui, minha carruagem-borboleta?". Na realidade, o veículo, com seu negrume, maçanetas de bronze nas portas e linhas esmeradas, recordava-lhe um esquife que vira muito tempo antes, na sua única viagem à cidade de Shkodra, na catedral, em meio a uma procissão e à grave música de um órgão. Dentro da carruagem-borboleta-esquife ia o olhar da mulher de cabelos castanhos, que se afigurara a Gjorg tão doce e perturbador como nenhum outro no mundo. Já vira muitos olhos femininos em sua vida, e fora visto por eles: olhos ardentes, encabulados, embriagados, caprichosos, carinhosos, ardilosos, altivos, mas como aqueles jamais. Eram simultaneamente distantes e próximos, acessíveis e enigmáticos, alheios e compassivos. Aquele olhar, ao mesmo tempo que despertava o desejo, aplacava e conduzia para longe, além da vida, até um lugar de onde se podia avistar a si próprio com tranquilidade.

Em suas noites (que fragmentos de sonho tratavam de preencher desordenadamente, assim como raras estrelas tentam compor um sombrio céu de outono), aquele olhar era a única coisa que a insônia não esfumava. Permanecia ali, com ele, faiscante e perdido, consumindo com sua existência toda a luz que há no mundo.

Pois era para encontrar outra vez aqueles olhos que ele partira através do grande Rrafsh. E os outros falavam da mulher como das coisas mais comuns, no meio daquela estalagem suja, envoltos no cheiro acre da fumaça, com a boca cheia de dentes podres. Gjorg se pôs de pé de supetão, fez o fuzil deslizar do ombro e atirou sobre eles uma vez, duas vezes, quatro vezes. Matou a todos, e depois os que foram ajudá-los, assim como o estalajadeiro e os soldados que se achavam ali, então saiu correndo porta afora e atirou novamente, contra seus perseguidores, contra aldeias inteiras que iam em seu encalço, contra *flamur*, contra províncias... Tudo isso ele pensou, enquanto na verdade apenas levantou e foi embora. A luz da lua sobre a copa de uma nogueira próxima lhe pareceu insuportável. Ele ficou algum tempo com os olhos entrecerrados, e lhe veio à mente, sem que pudesse dizer a razão, uma frase que ouvira anos antes, num dia encharcado de setembro, numa longa fila diante de um depósito de cereais da subprefeitura: "Dizem que as moças da cidade beijam na boca".

Como, em boa parte do percurso, sua atenção se dispersava numa ou noutra direção, Gjorg sentia com crescente intensidade que seu caminho era descontínuo, cheio de grandes lacunas e interrupções. Com frequência dava por si noutra estrada, noutra estalagem, quando pensava estar na estrada ou na estalagem de pouco antes. Assim, com as coisas comuns lhe escapando cada vez mais à mente, hora após hora e dia após dia, sua marcha ia se assemelhando a uma caminhada através de sonhos.

Agora ele já não escondia de si próprio que estava à procura da carruagem dela. Não escondia nem dos outros. Várias vezes perguntara: "Não viram uma carruagem com uns enfeites... com uns... como vou explicar...". "Com o quê?", diziam. "Explique melhor, qual carruagem?" "Pois então, uma carruagem diferente das outras... com veludo preto... e enfeites de bronze... como um esquife..." "Está falando sério ou está ruim da cabeça, homem?", respondiam os outros.

Uma vez contaram que sim, tinham visto uma carruagem mais ou menos daquele jeito, mas no final era a carruagem do bispo da província vizinha, que viajava mesmo com tempo ruim, ninguém sabia dizer por quê.

"Não me importa que eles frequentem estalagens imundas e tenham os dentes podres, contanto que me falem dela", dizia consigo.

Por duas ou três vezes deparou com seu rastro, mas o perdeu novamente. A proximidade da morte, bem como os caminhos percorridos, aumentava o desejo de encontrá-la. Agora ele já não escondia: estava encantado com aquela mulher.

Certo dia topou com um homem que parecia estar montado numa mula. Era o feitor do sangue da *kullë* de Orosh, indo sabe-se lá aonde. Depois de vencer mais um trecho do caminho, Gjorg voltou a cabeça, como se quisesse se certificar de que o homem era mesmo o feitor do sangue. O outro também se voltara e o examinava. "O que há com ele?", indagou-se Gjorg.

De outra feita lhe afirmaram ter visto uma carruagem como ele dizia, a qual, entretanto, não transportava ninguém. Mais adiante, fizeram-lhe uma descrição exata da carruagem, inclusive do rosto da bela mulher, cujos cabelos, através do vidro, a uns pareciam castanhos e a outros alourados.

"Pelo menos ela ainda está aqui no Rrafsh", pensara ele. "Pelo menos não voltou lá para baixo."

Enquanto isso, seu mês de abril ia depressa se consumindo. Os dias se sucediam sem trégua. E o mês, que para ele já era o mais curto de todos, minguava rapidamente.

Não sabia que direção seguir. Às vezes tomava caminhos sem saída, outras voltava sem querer a lugares onde já estivera. Começou a se atormentar cada vez mais com a possibilidade de estar andando na direção errada. Depois passou a pensar que só andava na direção errada e que assim andaria até o fim, naquele punhado de dias que lhe restavam, a ele, triste andarilho em seu abril truncado.

6.

Os Vorps prosseguiam sua viagem. Bessian Vorps observava dissimuladamente o perfil da esposa. Ela mostrava os malares um pouco tensos e uma tênue palidez no rosto que a tornava, tal como alguns dias antes, ainda mais desejável. "Está cansada", pensou ele, mas nada disse. Na verdade, durante todos aqueles dias esperara que ela afinal pronunciasse as prosaicas palavras: "Ufa! Cansei!". Esperara por elas impacientemente, febrilmente, como se fossem uma defesa contra o mal. Mas Diana nada dissera. Pálida e em silêncio, olhava para a estrada. O olhar dela, que mesmo nos momentos de raiva ou mágoa ele sempre conseguira decifrar, agora ficara inatingível. Se ao menos fosse um olhar de desagrado, ou até, pior ainda, de frieza... Era, porém, outra coisa. Algo se perdera no seu âmago, restando-lhe apenas as bordas.

As palavras rareavam de todo dentro da carruagem. Às vezes ele se esforçava para reanimar a esposa, mas se recusava a assumir uma atitude de submissão, e o esforço era comedido. O pior era que não conseguia se enraivecer com ela. Concluíra de sua experiência na relação com as mulheres que frequentemente a raiva, seguida da discussão, tinha a capacidade de superar, de um só golpe, estados de apatia que pareciam sem saída, assim como uma tempestade dissolve um mormaço sufocante. No entanto, havia alguma coisa no contorno dos olhos dela que a imunizava contra a raiva alheia. Em certo momento ele chegou a se perguntar: "Estará grávida?". Mas seu cérebro, maquinalmente, fez um cálculo simples e jogou por terra essa última esperança. Bessian Vorps reprimiu um suspiro para que ela não o ouvisse e continuou a contemplar a monotonia dos montes. Anoitecia.

Ele ficou assim por algum tempo, e quando se pôs novamente a pensar, eis que o cérebro retornou ao mesmo ponto. Se ao menos ela dissesse que não gostara da viagem, que estava decepcionada, que a invenção dele, de passar a lua de mel no Rrafsh, fora uma tolice sem igual e que, portanto, deviam voltar imediatamente, naquele mesmo dia, no mesmo minuto... Mas quando, a fim de deixá-la à vontade para expressar seu desejo, ele insinuou que poderiam voltar antes da data planejada, Diana disse apenas: "Faça como quiser. Não se preocupe comigo".

Naturalmente, mais de uma vez ele já cogitara de interromper a viagem, mas guardava sempre uma vaga esperança de que algo poderia mudar. Tinha até a sensação de que, se havia remédio para alguma coisa, ele estava no Rrafsh; toda possibilidade de compreensão desapareceria caso descessem à planície.

Já anoitecera totalmente, e não se via mais a face de Diana. Ele se debruçou na janela, mas não conseguiu atinar onde estavam. Pouco depois o luar banhou a estrada. Ele ficou por muito tempo assim, com a testa colada à janela, enquanto as vibrações do vidro frio desciam por todo o seu corpo. À luz da lua, a estrada parecia feita de vidro. A silhueta de uma pequena igreja se deslocou à esquerda. Em seguida apareceu um moinho d'água, que a julgar pelo deserto onde fora erguido devia moer mais neve que cereais. A mão dele procurou a dela sobre o assento.

"Diana", chamou ele, baixinho, "veja lá fora, acho que esta é uma estrada sob *bessa*."

Ela se aproximou da janela. Sempre falando baixo, com palavras bem medidas, articuladas de forma cada vez menos natural, ele lhe explicou o que era uma estrada sob *bessa*. Dir-se-ia que o gélido clarão da lua o ajudava.

Depois, quando acabaram as palavras, ele aproximou os lábios de sua nuca e a abraçou timidamente. O luar clareou duas ou três vezes os joelhos dela. Diana não fez movimento algum, nem para estreitar o marido, nem para repeli-lo. Exalava o mesmo aroma agradável, e ele a custo conteve uma queixa. Alimentava uma derradeira esperança de que alguma coisa explodisse nela. Esperava um soluço, ainda que abafado, ao menos um suspiro. Contudo, ela se mantinha assim, silenciosa, mas não de todo, desolada, como o seria um campo semeado de estrelas. "Ó Deus!", disse ele consigo. "O que aconteceu?"

O dia estava meio nublado, meio claro. Os cavalos iam num trote ligeiro pelo caminho mal pavimentado. Estavam na Estrada da Cruz. Por trás das janelas da carruagem se estendia uma paisagem dezenas de vezes repetida. Apenas dessa vez havia, aqui e ali, numa extremidade ou na outra, um pouco de claridade. A neve começara a se fundir, consumindo-se a partir de baixo, ao contato com a terra; por cima do vazio que se formava, deixava um tipo de crosta que dificilmente derretia.

"Que dia é hoje?", perguntou Diana.

Um pouco espantado, ele olhou para ela por um momento antes de responder.

"Onze de abril."

Ela ensaiou dizer algo. "Fale!", pensou ele. "Fale, por favor." Uma última esperança o envolveu numa onda de calor. "Diga o que quiser, mas fale."

Os lábios dela, que Bessian fitava obliquamente, voltaram a se mover para pronunciar, talvez sob uma nova forma, a frase não dita.

"Lembra daquele montanhês que vimos no dia em que fomos à *kullë* do príncipe?"

"Sim", disse ele, "lembro, naturalmente."

De onde viera aquele "naturalmente" tão fora de propósito? Por um instante ele sentiu pena de si mesmo, sem atinar por quê. Talvez por sua boa vontade em manter viva a conversa com ela, a todo custo, talvez por outro motivo, que no momento ele era incapaz de definir.

"A *bessa* dele acabava bem no meio de abril, não era?"

"Sim", disse ele, "algo assim. Sim, sim, exatamente, no meio de abril."

"Não sei por que lembrei disso", disse ela, sem tirar os olhos do vidro. "Assim, à toa."

"À toa", repetiu ele consigo. A expressão lhe pareceu fatal, como um anel que contivesse veneno. Em alguma parte, algum canto do seu ser, começara a se erguer uma onda de raiva. "Então você fez tudo isso à toa? À toa, só para me atormentar? Hein?" Todavia, o acesso de raiva refluiu em seguida.

Nos últimos dias, mais de uma vez ela voltara a cabeça repentinamente para ver melhor algum jovem montanhês que cruzara com a carruagem na estrada. Ocorreu em dado momento a Bessian que o fazia pensando em ver de novo o montanhês da estalagem, mas ele considerou essa ideia totalmente sem importância. E assim ela lhe parecia mesmo agora, que Diana perguntava sobre o rapaz.

A carruagem se deteve bruscamente, cortando o fluxo dos seus pensamentos.

"O que foi?", indagou ele, sem se dirigir a ninguém.

O cocheiro, que havia descido, apareceu pouco depois na janela. Fez um sinal indicando a estrada, e só então Bessian Vorps avistou uma velha montanhesa, meio sentada, meio prostrada à beira do caminho. A velha olhava na direção deles e dizia alguma coisa. Bessian Vorps abriu a porta.

"É aquela velha ali na beira da estrada; diz que não consegue se levantar", explicou o cocheiro.

Bessian Vorps apeou e, depois de dar uns passos para desentorpecer as pernas, aproximou-se da velha, que gemia a intervalos e apertava um joelho com as mãos.

"O que aconteceu com a senhora, tia?", perguntou.

"Ai, uma cãibra desgraçada. Passei a manhã inteira grudada aqui, meu filho."

Ela usava uma veste de algodão, bordada como a de todas as montanhesas da província, e na cabeça um tufo de cabelos grisalhos escapava do lenço.

"Fiquei a manhã inteira esperando que passasse algum servo de Deus para me ajudar a levantar."

"De onde a senhora é?", indagou o cocheiro.

"Daquele povoado ali." A velha apontou um lugar mais adiante. "Não é longe e é encostado na estrada."

"Nós a levamos na carruagem", disse Bessian.

"Muito obrigada, filho."

Os dois a ergueram, com todo o cuidado.

"Bom dia, minha filha", disse a velha quando a instalaram na carruagem.

"Bom dia, tia", respondeu Diana, e se afastou para ela sentar.

"Ai!", fez a anciã quando os cavalos se moveram. "Fiquei a manhã inteira na estrada, sozinha, sozinha. Não passava nenhuma alma. Pensei que ia morrer."

"É verdade", comentou Bessian, "esta estrada me parece muito deserta. E sua aldeia? É grande ou pequena?"

"Grande", disse a velha, mas franziu o cenho. "Bem grande, acredite, mas sabe como é... A maior parte dos homens fica acoitada dentro de casa. Por isso fiquei abandonada nesta estrada e quase morro."

"Ficam acoitados por causa da vendeta?"

"É, filho, por causa do sangue. Morte, matança, sempre houve no povoado, mas nunca como agora." A velha deu um suspiro profundo. "De duzentas casas da aldeia, só vinte não estão metidas numa vendeta. Você vai ver, filho. O lugar está completamente parado, como se sofresse com a peste."

Bessian olhou para fora, mas ainda não se via a aldeia.

"Está fazendo dois meses que eu mesma enterrei um neto", continuou a montanhesa. "Um menino tão bom, bonito..."

Ela se pôs a contar detalhes sobre o neto e sobre como o haviam matado, porém, misteriosamente, a ordem de suas palavras e frases começou a sofrer uma transformação. E não só a ordem. Mudavam também os espaços entre elas, como se ali se instalasse um ar específico, doloroso e perturbador. À maneira de um fruto prestes a amadurecer, sua fala estava pronta a passar de seu estado ordinário para outro, novo: como o prelúdio de uma canção ou da melodia de uma carpideira. "Deve ser assim que nascem as canções", pensou Bessian.

Ele não desgrudava os olhos da montanhesa. O amadurecimento da cantiga produzira as modificações necessárias também no rosto dela. Seus olhos estavam imersos no pranto, mas sem lágrimas, o que os tornava ainda mais chorosos.

Agora a carruagem já penetrava na grande aldeia. O barulho de suas rodas ecoava em meio à rua deserta. De um e outro lado se perfilavam as *kullë* de pedra, que pareciam ainda mais severas à luz do dia.

"Essa é a *kullë* dos Shkrelë, e aquela outra é a dos Krashniq. A vendeta entre eles se complicou, coisa feia, e ninguém mais sabe de quem é a vez de matar, por isso os dois lados estão entrincheirados dentro de casa", explicou a velha. "Aquela *kullë* lá adiante, a alta, de três andares, é a dos Vidhreq, que estão de vendeta com os Bungë, cuja *kullë* é aquela que mal se avista, uma com metade das paredes feita de pedra preta. Ali estão as *kullë* dos Markai e dos Dodanaj, uns de vendeta com os outros; só nesta primavera cada família deixou dois mortos na rival. Já aquelas do lado direito são as *kullë* dos Ukaj e dos Kryezez; como ficam perto uma da outra, eles trocam tiros pelas janelas, sem sair de casa; atiram os homens, mas também as mulheres e as moças novas."

A montanhesa continuou a falar, enquanto o casal olhava ora por uma, ora por outra janela da carruagem, para acompanhar aquele assombroso urbanismo da vendeta que a velha ia revelando. Não se via nenhum sinal de vida no silêncio rigoroso daquelas torres. O sol desbotado que incidia obliquamente sobre as pedras das paredes as tornava ainda mais desoladas.

Apearam a velha num ponto perto do centro da aldeia e a ajudaram a chegar à porta da sua *kullë*. A carruagem retomou seu caminho através do reino da pedra, que parecia enfeitiçado. E, no entanto, pensava Bessian Vorps, atrás daquelas paredes havia moças de seios cálidos e jovens recém-casadas. Por um breve instante teve a sensação de poder captar o pulso da vida por baixo da pétrea imobilidade externa. A pressão devia ser tremenda. Ao passo que do lado de fora as paredes, as linhas das janelas estreitas, os raios desbotados do sol, não revelavam nada. "Mas por que se importa com isso?", perguntou-se inopinadamente. "Melhor seria que cuidasse da apatia de sua esposa." Uma súbita onda de raiva enfim dava a impressão de se erguer dentro dele, que se voltou bruscamente para Diana a fim de romper de uma vez por todas o irritante silêncio, falar, exigir explicações, uma por uma, até o fim, sobre seu comportamento, seu silêncio, seu enigma.

Não era a primeira vez que ele cogitava de pedir satisfações. Dezenas de vezes repetira frases consigo, desde as mais doces — "Diana, o que há com você? Diga para mim o que a aflige" — até as mais brutais, que só podiam ser construídas com a palavra *diabo* — "Que diabo você tem?"; "Que diabo a mordeu?"; "Então, vá para o diabo". Era uma palavra realmente insubstituível nesses casos. Ainda agora, no ímpeto da ira, fora a primeira a se alinhar na ponta da língua, pronta para entrar em todas as frases, ávida de ataques, rompimentos e ruínas. Mas ele, do mesmo modo que nas outras ocasiões, longe de empregá-la contra Diana, usou-a contra si, como quem, pilhado cometendo um erro, assume suas consequências. Continuava com a cabeça voltada para a esposa; entretanto, em lugar de interpelá-la raivosamente, disse para si mesmo: "Que diabo está acontecendo comigo?!".

"Que diabo está acontecendo comigo?!", repetiu. E, assim como nas outras vezes, desistiu imediatamente do ultimato. "Mais tarde", tranquilizou-se. "Mais tarde." A ocasião sem dúvida se apresentaria. Nem ele próprio saberia dizer ao certo por que adiava o pedido de esclarecimentos. Agora, contudo, achava que de alguma forma estava descobrindo a causa: tinha medo do que ela diria. Era um medo semelhante ao que experimentara uma noite de inverno em Tirana, numa sessão de espiritismo em casa de um colega, quando estavam prestes a ouvir a voz de um amigo morto havia muito. Não saberia dizer o porquê, mas a explicação de Diana se lhe afigurava assim, envolta em fumaça.

Fazia tempo que a carruagem deixara para trás a aldeia enfeitiçada, e ele ainda repetia interiormente que o único motivo real dos adiamentos do ajuste de contas com a esposa era o medo. "Tenho medo da resposta dela", pensava. Tinha medo. Mas por quê?

Um crescente sentimento de culpa vinha se apossando dele ao longo daquela viagem. Na realidade, era anterior, bem anterior à viagem, e talvez Bessian tivesse se aventurado pelo Norte justamente para se livrar dele. Ocorrera, porém, o contrário: em vez de se atenuar, o sentimento de culpa pesava cada vez mais. E agora ele estremecia de medo ao pensar que parecia existir um vínculo entre o silêncio de Diana e aquela sensação de culpa. Não, melhor deixar que ela silenciasse durante aquele calvário, que se comportasse como uma múmia e não dissesse as coisas que iriam machucá-lo.

O leito da estrada estava esburacado, e a carruagem sacolejava violentamente. Avançavam em meio a grandes grotas, cavadas pela neve ao derreter, quando ela indagou: "Onde vamos almoçar?".

Ele olhou para ela com espanto. Aquelas palavras, em sua simplicidade, pareciam-lhe calorosas.

"Onde pudermos", respondeu. "O que acha?"

"Está bem."

Ele teve ganas de se voltar de surpresa para ela, mas uma timidez esquisita o conteve, como se estivesse lidando com um frágil objeto de cristal.

"Talvez em alguma estalagem", disse em tom inseguro, comendo as palavras, especialmente as últimas. "O que acha?"

"Como você preferir."

Ele sentiu uma onda de calor invadir seus pulmões. Quem sabe tudo aquilo não era algo mais simples, e ele, com seu costume de sofisticar as coisas, enxergara o prólogo de um drama ali onde talvez houvesse apenas fadiga da viagem, ou uma enxaqueca aborrecida, dessas que flagelam a metade das mulheres do mundo?

"Ao sabor do acaso, na primeira que encontrarmos, está bem?"

Ela assentiu com a cabeça.

Talvez fosse realmente melhor assim, pensou ele, cheio de alegria. Haviam passado todas as noites em casas de desconhecidos, amigos de amigos dele, ou, mais precisamente, uma legião de amigos que tinham como única fonte o amigo, este sim, conhecido, em cuja casa os Vorps se hospedaram na primeira noite de sua viagem. E todas as noites se repetia mais ou menos a mesma cena: palavras de boas-vindas, todos sentados à roda da lareira no aposento dos amigos, comentários sobre o tempo, o gado, o Estado. Depois o jantar, em que as conversas eram cautelosas, em seguida o café e, pela manhã, o acompanhamento de praxe até a divisa da aldeia. No final das contas, aquilo tudo podia ser bastante tedioso para uma recém-casada.

"Uma estalagem!", exclamou consigo. Uma estalagem ordinária de beira de estrada, eis onde estava a salvação. Como aquilo não lhe ocorrera antes? "Tolo", disse para si mesmo, exultante. Uma estalagem, ainda que suja, daquelas que cheiram a curral, haveria de aproximá-los, cercando-os se não de calor, que ali não havia onde encontrar, ao menos de sua pobreza, na qual às vezes resplandece muito mais a felicidade dos hóspedes de passagem.

A estalagem surgiu mais cedo do que esperavam, na encruzilhada da Estrada da Cruz com a Estrada Grande dos Flamur, distante de qualquer aldeia e mesmo de qualquer sinal de vida.

"Há alguma coisa para comer?", indagou Bessian assim que entrou no local.

O estalajadeiro, um varapau de olhos semicerrados, respondeu sem entusiasmo: "Feijão frio".

Animou-se um pouco mais quando viu Diana e o cocheiro, que trazia na mão uma das malas, mas sobretudo ao ouvir o relinchar dos cavalos. Esfregou os olhos e disse com voz rouca: "Os senhores é que mandam! Podemos ainda fazer ovos fritos com queijo. Tenho também *raki*".*

Eles sentaram na extremidade da comprida mesa de carvalho que, como em quase todas as estalagens, ocupava a maior parte do aposento principal. Dois montanheses sentados no chão, no canto da direita, olharam para eles, curiosos. Uma mulher jovem dormia com a cabeça apoiada no berço do filho. Bem ao lado dela, sobre algumas trouxas de cores variadas, alguém deixara um *lahutë*.

Enquanto esperavam a comida, passearam o olhar pela sala, sem falar.

"As estalagens costumam ser mais animadas", disse finalmente Diana. "Esta é tão quieta..."

"Melhor assim, não?" Bessian consultou o relógio. "Talvez seja por causa da hora..." Sua cabeça estava longe, e ele tamborilava com os dedos na mesa, sem parar. "Mas a aparência não é das piores, não acha?"

"É simpática, sobretudo a parte externa."

"Tem o telhado bem inclinado, como você gosta."

Ela aquiesceu com um gesto. Tinha uma expressão mais afável, embora fatigada.

"Dormimos aqui, hoje?"

Assim que fez a pergunta, Bessian sentiu o coração bater sufocadamente. "O que está acontecendo comigo?", repetiu em pensamento. Quando a convidara pela primeira vez para ir a sua casa, numa época em que mal se conheciam e ela ainda era virgem, não ficara tão nervoso como agora, que ela era sua esposa. "É de enlouquecer", disse consigo.

"Como você preferir", foi a resposta.

* Bebida destilada típica da Albânia, quase sempre feita de uvas. (N. T.)

"O quê?"

Ela olhou espantada para ele.

"Perguntou se íamos dormir aqui, não foi?"

"Você não tem nada contra?"

"Claro que não."

"Isso é maravilhoso", pensou ele. Teve vontade de abraçar aquela cabeça querida que o fizera sofrer todos aqueles dias. Um sentimento caloroso, que jamais experimentara, percorria todo o seu ser. Depois de tantas noites dormindo em quartos separados, finalmente estariam juntos, na construção alpina, isolada em meio aos caminhos desertos. No fundo fora bom que tudo tivesse sido assim. Do contrário, ele nunca poderia experimentar aquela sensação tão forte e ardorosa que era privilégio de poucos: a revivescência do primeiro abraço da mulher amada. Ela estivera tão ausente durante aqueles dias que agora ele tinha a impressão de redescobri-la tal e qual na época em que se conheceram. Aquela segunda descoberta lhe parecia até mais curiosa e doce. Não era por acaso que diziam que Deus escreve certo por linhas tortas.

Bessian sentiu um movimento atrás de si e viu surgirem diante dos seus olhos, como se tivessem vindo de outro planeta, objetos circulares com cheiro picante e inteiramente desnecessário. Eram os ovos fritos.

Ergueu a cabeça.

"Vocês têm um bom quarto para nós?"

"Sim, senhor", disse o estalajadeiro num tom seguro. "Inclusive um quarto com lareira."

"É mesmo? Mas isso é ótimo."

"E é difícil achar um quarto igual a esse nas estalagens desta província", prosseguiu o estalajadeiro.

"Parece que demos sorte", pensou Bessian.

"Depois que o senhor acabar de comer, pode ir vê-lo", disse o outro.

"Com prazer."

Ele não tinha fome. Diana tampouco tocou nos ovos. Pediu queijo branco, mas não o comeu por ser condimentado demais, depois quis iogurte e por fim novamente ovos, dessa vez cozidos. Bessian a acompanhou nos pedidos, sem comer.

Logo após o almoço subiram ao segundo andar para ver o quarto. Este, que conforme o estalajadeiro causava inveja a todas as estalagens daquela parte do Rrafsh, não passava de um aposento muito simples, com duas janelas voltadas para o norte, ambas com esquadrias de madeira, e um grande leito coberto por uma manta de lã. De fato, tinha uma lareira, e até cinzas, que mostravam que ela fora usada.

"O quarto é bom", disse Bessian, endereçando um olhar interrogativo à esposa.

"E pode-se acender o fogo?", perguntou ela ao estalajadeiro.

"Com certeza, senhora. Imediatamente."

Bessian teve a impressão de ver, pela primeira vez em muito tempo, um brilho alegre passar pelos olhos dela.

"Está ficando dorminhoca", disse, inclinando-se para olhá-la melhor.

O estalajadeiro saiu, regressando pouco depois com uma braçada de lenha. Acendeu a lareira com gestos desajeitados, indicando que só o fazia muito raramente. Os dois ficaram espiando, como se nunca tivessem visto fogo. Por fim o estalajadeiro se retirou, e Bessian voltou a sentir aquelas batidas sufocadas no peito. Passou e repassou um olhar oblíquo na grande cama, ainda mais acolhedora graças à coberta de lã cor de leite. Diana continuava em pé, diante do fogo, de costas para ele. Timidamente, como se abordasse uma desconhecida, Bessian deu dois passos em direção a ela e tocou suas costas com a mão. Ela estava com os braços cruzados e assim permaneceu, imóvel, enquanto ele a beijava na nuca e depois em torno dos lábios. Os olhos de Bessian captavam rubros reflexos do fogo em suas faces. Por fim, quando os carinhos dele se tornaram mais insistentes, ela murmurou: "Agora não".

"Por quê?"

"O quarto está frio demais... Além disso, quero me lavar."

"Está bem", disse ele, beijando-a nos cabelos. Sem dizer nada, afastou-se dela e saiu. O som dos seus passos descendo a escada traduzia com precisão sua alegria. Voltou pouco depois com um grande balde d'água.

"Obrigada", disse Diana, e sorriu para ele.

Como se estivesse embriagado, ele pôs o balde no fogo, lembrou-se de algo, inclinou-se para examinar o interior da chaminé, repetiu algumas vezes a operação, protegendo-se das fagulhas com a palma das mãos, até que aparentemente encontrou o que queria, pois exclamou: "Ah, está aqui!".

Diana também se inclinou e viu um gancho todo sujo de fuligem pendendo a prumo sobre o fogo, como na maioria das lareiras camponesas. Bessian ergueu o balde e, apoiando uma das mãos na parede da lareira, com a outra procurou pendurá-lo no gancho.

"Cuidado", gritou Diana, "vai se queimar."

Todavia, ele já tinha pendurado o balde e, transbordando de contentamento, soprava a mão, que estava um pouco avermelhada.

"Você se queimou?"

"Não, não."

Ela tomou a mão de Bessian, e ele se arrependeu de não ter tido a esperteza de se queimar realmente. Pouco se importava de se queimar, contanto que ela se condoesse.

Ouviram passos na escada. Era o cocheiro, que trazia as bagagens. Enquanto o observava com um sorriso distraído, Bessian dizia consigo que todas as pessoas que subiam e desciam escadas com braçadas de lenha, maletas e bagagens, não faziam outra coisa senão preparar sua felicidade. Ele não cabia em si.

"Que tal irmos tomar um café enquanto o quarto e a água esquentam?"

"Um café? Como você quiser", respondeu Diana. "Talvez fosse bom passearmos um pouco. Ainda estou com a cabeça rodando da viagem."

Logo em seguida, desciam a escada, cujos degraus de madeira rangiam, e Bessian não esqueceu de dizer ao estalajadeiro que cuidasse do fogo, pois eles iriam passear um pouco.

"E por falar nisso, sabe dizer se existe algum lugar bonito aqui nas redondezas? Algum lugar que valha a pena conhecer?"

"Lugar bonito? Aqui nas redondezas?" O outro balançou a cabeça negativamente. "Não, senhor, aqui é quase um deserto."

"Ah..."

"Só se... Esperem um pouco. Os senhores têm a carruagem, não é? Então as coisas mudam de figura. Podem ir até Água Branca de Cima, não longe daqui, para ver os lagos alpinos."

"Água Branca de Cima é aqui perto?", perguntou Bessian, espantado.

"Sim, senhor. Bem perto. Logo ali. Os estrangeiros que passam por estas estradas não perdem a oportunidade de conhecê-la."

"O que você acha?", Bessian se voltou para a esposa. "Mesmo depois de andar tanto na carruagem, parece que vale a pena ir até lá. Sobretudo para ver os famosos lagos."

"Lembro deles da escola", disse ela.

"Eu também. Tinha um professor de geografia que sempre repetia: 'Não morram sem ver Água Branca de Cima'. A paisagem é maravilhosa. Além disso, quando voltarmos o quarto vai estar quentinho..."

Ele interrompeu a frase para olhá-la nos olhos de um modo especial.

"Está bem, vamos", disse ela.

O dono da estalagem foi avisar o cocheiro, que chegou em seguida com uma expressão não muito satisfeita, embora sem fazer objeções. Seria preciso atrelar outra vez os cavalos. Enquanto subiam na carruagem, Bessian lembrou de novo ao estalajadeiro que cuidasse do fogo. Mal os cavalos se moveram, ele se perguntou se não estaria cometendo um erro ao abandonar com tanta facilidade o quarto de estalagem tão penosamente conquistado, mas logo se tranquilizou, pensando que depois de um passeio agradável Diana estaria mais bem-disposta.

A tarde lançava uma luz suave sobre o descampado. O ar dava a impressão de estar mais quente, em virtude de um colorido purpúreo que ninguém saberia dizer de onde vinha.

"Os dias estão se alongando", disse ele.

Eram palavras tantas vezes repetidas, como fórmula garantida para preencher silêncios nas conversas entre pessoas que não se conheciam bem... Será que eles haviam se distanciado tanto a ponto de precisarem lançar mão de semelhantes estratagemas? "Ah, chega", pensou Bessian, como quem afasta um remorso. Aquela fase já se fora.

A aldeia de Água Branca de Cima surgiu antes do que eles esperavam. Suas *kullë*, vistas de longe, pareciam vestidas de espuma. Em alguns pontos a neve ainda não derretera, e o contraste com ela tornava ainda mais negros os trechos de terra.

A carruagem seguiu rumo aos lagos, sem entrar na aldeia. Quando eles apeavam, ouviu-se o sino da igreja. Diana descera primeiro. Ela se voltou, como se procurasse de onde vinha o som, mas não se via a igreja. Só trechos de terra negra, dramaticamente entremeados de restos de neve que relutava em derreter, apressaram-se em preencher seu olhar. Ela voltou as costas para eles e se apoiou no braço do esposo. Estavam próximos de um dos lagos.

"Quantos são no total?"

"Acho que sete."

Estavam sozinhos, sobre um espesso tapete cor de café formado por muitas camadas de folhas de estações passadas, que ao apodrecer adquiriam aqui e ali uma coloração alegre como a de uma doença de luxo. Pela pressão em seu braço, Bessian sentiu que ela estava ansiosa para lhe dizer alguma coisa. Mas o barulho das folhas sob seus pés parecia aplacar sua ansiedade.

"Veja ali, outro lago", disse ela de repente, mostrando as margens que apareciam entre os pinheiros, e bem no momento em que ele se virou, prosseguiu: "Bessian, você agora vai escrever alguma coisa melhor sobre o Rrafsh, não vai?".

Ele se voltou como se o houvessem alfinetado. No último instante sufocou o grito que daria — "O quê?". Não, melhor não ouvir a pergunta uma segunda vez. Teve a impressão de que um ferro em brasa se aproximava de sua fronte.

"Depois da viagem", insistiu ela num tom suave, "é natural que... algo mais autêntico..."

"Com certeza, com certeza...", disse ele.

O ferro em brasa ainda estava na sua fronte. Uma parte do enigma se desvanecia... Do enigma do seu silêncio. A rigor, nunca fora um enigma... Ele quase esperava, quase sabia que ela faria aquele pedido antes da primeira noite de seu novo amor, como retribuição do acordo, do pacto...

As bicadas de um pica-pau chegavam de longe, isoladas.

"Compreendo, Diana", disse Bessian, com uma entonação de estranha fadiga. "Naturalmente, é muito difícil para mim, mas compreendo..."

"Que lugar maravilhoso", ela o interrompeu. "Fizemos muito bem em vir."

Ele continuou a caminhar, com o pensamento longe. Assim chegaram ao segundo lago e depois retornaram. Na volta ele começou a recuperar o controle e a pensar cada vez mais no quarto que os esperava, aquecido pela lareira.

Chegaram ao local onde tinham deixado a carruagem, mas resolveram seguir a pé para ver a aldeia. A carruagem foi atrás deles.

As primeiras pessoas que encontraram no caminho, duas mulheres carregando bilhas d'água, detiveram-se e os observaram. Em contraste com a bela paisagem, a aldeia vista de perto parecia ainda mais sombria. Havia gente nas ruas e sobretudo no largo diante da igreja. As calças justas de lã cor de leite, com listras pretas laterais estranhamente semelhantes ao símbolo de uma descarga elétrica, exprimiam todo o nervosismo do seu jeito de andar.

"Alguma coisa deve ter acontecido", comentou Bessian. Ficaram olhando para as pessoas, tentando entender do que se tratava. Parecia ter sido uma ocorrência um tanto tranquila e solene.

"Será que aquela é uma *kullë* de enclausuramento?", indagou Diana.

"Talvez. Parece."

Diana se deteve para contemplar melhor a torre, isolada das demais.

"Se a *bessa* daquele montanhês de quem falamos acabou por estes dias, ele deve ter se encerrado numa dessas, não é?"

"Certamente", respondeu Bessian, sem tirar os olhos do ajuntamento no largo.

"E o que ocorre se o prazo da *bessa* se esgota quando o *gjaks* está viajando, longe da sua aldeia? Ele pode entrar em qualquer *kullë* de enclausuramento?"

"Acredito que sim. É como um viajante, que, ao cair da noite, entra na primeira estalagem que encontra."

"Quer dizer que ele pode estar nesta *kullë*?"

Bessian deu de ombros.

“Pode ser, mas não acredito. Existem muitas *kullë* de enclausuramento, e além disso nós o encontramos bem longe daqui.”

Diana se voltou mais uma vez para a construção, e Bessian julgou ver, no fundo do seu olhar e no canto dos seus olhos, algo como uma doce inveja. Mas no mesmo momento ele reparou que alguém na pequena multidão adiante lhe fazia um sinal: uma figura conhecida, um paletó xadrez.

“Olhe só quem está ali”, disse, apontando o grupo.

“Ali Binak”, murmurou Diana num tom que não revelava alegria nem contrariedade.

Eles se encontraram bem no meio da praça. Logo se via que o agrimensor bebera. Os olhos claros do médico exprimiam tristeza, e não só eles, mas também sua pele, fina e avermelhada. Já a frieza habitual de Ali Binak mal escondia um solene cansaço. Atrás deles vinha uma multidão considerável de montanheses.

“Continuam viajando pelo Rrafsh?”, perguntou Ali Binak com sua voz sonora.

“Sim”, respondeu Bessian Vorps, “por mais alguns dias.”

“Agora os dias estão se alongando.”

“Sim, estamos em abril. E vocês, por onde andam?”

“Nós?”, interveio o agrimensor. “Como sempre, de aldeia em aldeia, de *flamur* em *flamur*... Retrato de grupo com nódoa de sangue...”

“Como?”

“Só quis fazer uma comparação... como direi... uma comparação com o mundo da pintura...”

Ali Binak olhou para ele friamente.

“Houve algum julgamento aqui?”, indagou Bessian a Ali Binak.

Este aquiesceu com a cabeça.

"E que julgamento!", interveio outra vez o agrimensor. "Hoje, ele", indicou com a cabeça Ali Binak, "pronunciou uma sentença que há de passar de boca em boca e de geração em geração."

"Não se deve exagerar", cortou Ali Binak.

"E não estou exagerando. Além do mais, ele é escritor e precisa ouvir sobre seu julgamento, Ali Binak."

Depois de alguns rodeios, o motivo da presença de Ali Binak na aldeia foi relatado por várias vozes, que se interrompiam, se complementavam ou se corrigiam umas às outras, prevalecendo a do agrimensor, até assumir a feição de um conto:

Uma semana antes, uma moça que engravidara tinha sido morta pelos membros de seu próprio clã. Era evidente que em breve morreria também o rapaz que a seduzira. Entretanto, a família do rapaz ouviu dizer que a criança, a qual não chegara a nascer, era do sexo masculino. Tomou a iniciativa e se proclamou em vendeta com a família da moça, já que o menino pertencia ao clã do rapaz, a despeito de este e a vítima não serem casados. Foi mais além, declarando que a parte contrária lhe devia sangue e que, portanto, era a vez de o clã do rapaz matar alguém do clã da moça. Desse modo, a família do rapaz protegia o sedutor contra o castigo e prolongava a não beligerância enquanto podia, ao passo que seus adversários ficavam de mãos atadas. O clã da moça contestou energicamente tal conduta, o que era compreensível. O caso chegou ao conselho de anciãos da aldeia, que julgou difícil solucioná-lo. A família da moça, abalada pela tragédia, com razão se encolerizava com a ideia de, além de perder sua filha, estar devendo sangue à parte contrária, que tinha entre os seus o causador de tudo. Insistia numa interpretação diferente. Porém, por outro lado, o *Kanun* rezava que o menino, mesmo na barriga da mãe, pertencia ao clã do pai e que sua morte exigia pagamento em sangue, assim como a de um homem. Os anciãos da aldeia se sentiram incapazes de resolver a contenda e por isso chamaram Ali Binak, o grande exegeta do *Kanun*.

O julgamento se dera havia uma hora ("exatamente quando passeávamos pelos lagos", pensou Bessian). Como todo julgamento com base no *Kanun*, tinha sido bastante sumário. O representante da família do rapaz se dirigira a Ali Binak: "Quero saber por que derramaram minha farinha" (quer dizer, o menino que não havia nascido). E Ali Binak respondera taco a taco: "E o que fazia sua farinha no saco alheio?" (quer dizer, na barriga de uma moça de outro clã, e solteira). A sentença não beneficiara nenhuma das partes, declarando ambas "lavadas de sangue".

Calmo, com o pálido rosto imóvel e sem fazer nenhum comentário, Ali Binak ouviu o ruidoso relato de seu julgamento.

"Você é famoso!", disse o agrimensor, para concluir, com os olhos marejados de embriaguez e admiração.

Aos poucos, eles haviam começado a caminhar pela praça do povoado. Ao andarem, mudavam de posição, uns se adiantando, outros ficando para trás.

"No final das contas, se encaramos as coisas com sangue-frio, elas são simples", comentou o médico, que se achava ao lado dos Vorps. "Mesmo este último caso, que parecia tão dramático. No fundo, o que é preciso é buscar a relação entre quem vinga e quem sofre a vingança."

O médico continuou a falar, mas Bessian já não prestava atenção. Outra inquietação o estava assaltando: uma discussão como aquela não faria mal a Diana? Nos dois últimos dias eles tinham como que se afastado daqueles assuntos, e agora por fim ela começava a melhorar um pouco.

"E o senhor, como veio parar aqui no Rrafsh?", perguntou, para mudar de assunto. "O senhor é médico, não?"

O outro deu um sorriso amargo.

"Já fui. Hoje sou outra coisa."

Via-se nos olhos dele uma mágoa enorme, e Bessian pensou que olhos claros, mesmo aqueles que à primeira vista parecem desbotados, tinham mais recursos do que os outros para exprimir uma mágoa.

"Eu me diplomei cirurgião na Áustria", prosseguiu o médico, "no primeiro, e último, grupo enviado pela Coroa com bolsas estatais. O senhor talvez tenha ouvido falar como terminou a maior parte dos estudantes ao regressar do exterior. Pois eu era um deles. Fiquei algum tempo sem trabalho, depois, por acaso, num café de Tirana, conheci esse homem", indicou com a cabeça o agrimensor, "que me atraiu para este estranhíssimo trabalho."

"Retrato de grupo com nódoa de sangue", repetiu o agrimensor, que se aproximara e acompanhava a conversa. "Onde quer que haja sangue, ali estamos nós."

O médico não deu a menor atenção às palavras do outro.

"E Ali Binak necessita de suas aptidões de médico no trabalho dele?", quis saber Bessian.

"Naturalmente. Do contrário não me traria com ele."

Bessian Vorps fitou-o longamente, espantado.

"Não há motivo para espanto. Nos julgamentos do *Kanun*, quando se trata de questões relacionadas com a morte, sobretudo ferimentos, é sempre necessária a presença de alguém com certos conhecimentos de medicina. Evidentemente, aqui não se precisa dos préstimos de um cirurgião. Eu diria até que a maior ironia da minha condição atual é que realizo um trabalho que poderia ser feito por um enfermeiro, ou mesmo por qualquer pessoa que tivesse algumas noções de anatomia do corpo humano."

"Algumas noções? Seria o bastante?"

O médico sorriu outra vez com amargura.

"O problema é que o senhor certamente está achando que me dedico a tratar dos ferimentos, não é?"

"Claro. Compreendo que o senhor, pelas razões que apresentou, tenha abandonado a profissão de cirurgião, mas sempre pode tratar dos ferimentos, não é?"

"Não", disse o médico. "A desgraça seria menor se eu ao menos tratasse dos ferimentos. Mas não o faço, nunca. Entende? Nunca. Os montanheses sempre cuidaram de seus ferimentos, e continuam a fazê-lo até hoje, com *raki*, folhas de tabaco e os procedimentos mais bárbaros, como, por exemplo, extrair uma bala com outra. Assim, eles jamais procuram um médico. Quanto a mim, estou aqui para fazer outra coisa. Entende? Estou aqui não como médico, nem como profissional da saúde, mas como assessor jurídico. Parece-lhe estranho?"

"Nem tanto", disse Bessian Vorps. "Também conheço um pouco o *Kanun* e posso imaginar em que consiste esse trabalho."

"Em contar e localizar os ferimentos, nada mais", disse o médico, com voz cortante.

Pela primeira vez Bessian teve a impressão de que o outro se enervava. Voltou-se para Diana, mas não conseguiu fitá-la nos olhos. "Sem dúvida nenhuma esta conversa não convém a ela", pensou, "mas agora o mal está feito. Só posso acabar quanto antes com isso para irmos embora daqui."

"O senhor por certo sabe que, conforme o *Kanun*, os ferimentos são compensados com multas. Cada ferimento é pago em separado, e o preço depende do lugar em que ele se encontra. Feridas na cabeça, por exemplo, são duas vezes mais caras que feridas no corpo. Estas, por sua vez, dividem-se em duas categorias, da cintura para cima e da cintura para baixo, e assim por diante. Meu trabalho como auxiliar de Ali Binak consiste unicamente nisso: estabelecer o número de ferimentos e sua localização."

Ele encarou primeiro Bessian Vorps e em seguida sua esposa, como se quisesse avaliar se haviam entendido o que dissera.

"Os ferimentos talvez provoquem mais problemas nos julgamentos do que as mortes", continuou. "O senhor talvez saiba que, de acordo com o *Kanun*, uma ferida que não seja compensada com multa passa a ser equivalente a 'meio sangue', meia morte. Portanto, no entendimento do *Kanun*, um homem que foi ferido está meio morto, é... como explicar... um semiespectro. Consequentemente, dois ferimentos não saldados se igualam a uma morte. Assim, se alguém fere duas pessoas de outro clã ou provoca dois ferimentos no mesmo indivíduo, a não ser que pague a multa por isso, passa a dever uma vida."

O médico se calou outra vez por um momento, para lhes dar tempo de digerir suas palavras.

"Tudo isso gera problemas complicadíssimos, especialmente econômicos", prosseguiu. "Vocês olham para mim com espanto, mas eu repito: especialmente econômicos. Há famílias que não pagam as duas multas e aceitam entregar uma vida humana. Outras estão prontas a enfrentar a ruína, a pagar mesmo que sejam vinte ferimentos, apenas para ter o direito de, depois que a vítima estiver curada, voltar a atirar nela. É assombroso, mas ainda há mais. Conheci um sujeito em Lugjet e Zez que por anos a fio sustentou a família com o dinheiro que recebia pelos ferimentos provocados por seus *gjaks*. Ele escapou de várias tocaias e meteu na cabeça que, graças às artimanhas que inventara, era capaz de escapar para sempre dos tiros, criando assim o ofício de viver às custas das próprias feridas."

"Que horror!", murmurou Bessian Vorps. Voltou-se para Diana e a achou mais pálida. "Esta conversa tem que acabar logo", pensou. Agora, o quarto da estalagem, a lareira e o balde d'água sobre o fogo pareciam perdidos na distância. "Precisamos ir embora", pensou novamente, "ir embora daqui, quanto antes."

Os aldeões haviam se dispersado em pequenos grupos, deixando o casal sozinho com o médico, que continuou: "Os senhores possivelmente sabem" — e Bessian teve ganas de interrompê-lo: "Já não sei se devo saber coisa alguma" — "que, conforme o *Kanun*, caso duas pessoas se confrontem e uma delas morra, enquanto a outra sai ferida, a ferida é que paga o excedente de sangue. Em suma, como eu dizia no início, por trás do cenário meio mítico se encontra com frequência a economia. Pode parecer cínico, mas nos nossos dias a vingança, como tudo o mais, converteu-se em mercadoria".

"Ah, não", contestou Bessian. "As coisas não são assim tão simples. Naturalmente, a economia tem seu papel na explicação de muitos procedimentos, mas não se deve exagerar. A propósito, quero lhe fazer uma pergunta: o senhor não escreveu um artigo sobre a vendeta, um que foi proibido pela censura da Coroa?"

"Não", cortou o médico, seco. "Forneci as informações, mas foi outra pessoa que escreveu o artigo."

"Pelo que me lembro, ele continha precisamente estas palavras: 'A vingança se converteu em mercadoria'."

"O que é uma verdade incontestável."

"O senhor leu Marx?", indagou Bessian.

O outro não respondeu, limitou-se a olhá-lo de esguelha, como se dissesse: "E você, que está perguntando, leu?".

Bessian olhou disfarçadamente o perfil de Diana e sentiu que devia contestar seu interlocutor.

"O senhor deu uma explicação bastante simplificada mesmo para a morte que foi julgada hoje", disse, em busca de um pretexto para a polêmica.

"De forma nenhuma", insistiu o médico. "Apenas disse e repito: todo o drama que foi julgado hoje não passava de um problema de dívida. Noutras palavras, uma questão de dinheiro."

"Um problema de dívida, é verdade, mas, por favor, estamos falando de uma dívida de sangue!"

"Não importa se era de sangue, rubis ou tecidos. Para mim era uma dívida e nada mais."

"Não é a mesma coisa."

"É a mesmíssima coisa."

A voz do médico afinal se exaltara. Sua pele fina flamejava. Bessian, por sua vez, sentiu-se ofendido.

"É uma explicação ingênua demais, para não dizer cínica..."

Os olhos do médico adquiriram um brilho gelado.

"Ingênuo é o senhor", disse ele, "ingênuo e cínico ao mesmo tempo, o senhor e sua arte."

"Não grite", disse Bessian.

"Grito sim, grito quanto quiser", retrucou o outro, baixando, entretanto, o tom. E assim, saindo através dos lábios como assobios, suas palavras soavam ainda mais ameaçadoras. "Os livros do senhor, a arte do senhor, cheiram a crime. Em vez de fazer alguma coisa por estes montanheses desgraçados, o senhor assiste à morte deles, busca nessa morte temas ardentes, encontra nela a beleza para alimentar sua arte. Não vê que essa beleza mata, como, aliás, já disse um jovem escritor que o senhor certamente não aprecia. O senhor me traz à lembrança aquelas salas de teatro dos palácios dos nobres russos, em que o palco é amplo a ponto de permitir apresentações com centenas de atores, ao passo que a plateia é tão pequena que só comporta a família do príncipe. O senhor se assemelha a esses aristocratas. Leva um povo inteiro a representar uma tragédia sangrenta, enquanto assiste de camarote e faz pilhérias, junto com sua dama."

Bessian reparou que Diana não se encontrava mais ali. Devia estar em algum lugar à frente, talvez com o agrimensor, pensou, um tanto confuso.

"E o senhor", replicou, "falo do senhor como médico, alguém que supostamente compreende as coisas da maneira correta, por que participa desse teatro, como o senhor mesmo disse? Por que se deixa sustentar por ele?"

"Acho que o senhor tem razão. Não passo de um miserável fracassado. Mas ao menos tenho consciência do que sou e não enveneno o mundo com livros."

Bessian Vorps novamente procurou Diana com os olhos, sem encontrar. Por um lado fora melhor ela não ouvir aquelas coisas terríveis. O médico continuava a falar, e ele tentou se concentrar em suas palavras, porém, ao abrir outra vez a boca, em lugar de responder ao outro disse, como se falasse consigo mesmo: "Onde está minha mulher?".

Agora ele percorria com os olhos a pequena multidão que, como antes, movia-se lentamente diante da igreja.

"Diana!", gritou, em vão.

Alguns aldeões volveram a cabeça.

"Talvez ela tenha entrado na igreja, por curiosidade, ou numa casa, para tomar água", disse o médico.

"Talvez."

Continuaram a caminhar, mas Bessian estava atordoado. "Não devíamos ter saído da estalagem", pensou.

"Desculpe-me", disse o médico, agora num tom suave. "Talvez eu tenha exagerado."

"Não foi nada. Aonde ela pode ter ido?"

"Não se preocupe. Ela está por aqui. O senhor está se sentindo bem? Está pálido."

"Não, estou bem."

Bessian sentiu a mão do médico segurá-lo pelo braço e quis se afastar, mas logo desistiu. Alguns meninos miúdos ladeavam o primitivo agrupamento de aldeões, ali onde estavam Ali Binak e o agrimensor, apontando alguma coisa. Bessian sentiu um travo na boca. Ali Binak parecia mais pálido que de hábito. "Os lagos", pensou. Aquele velho tapete de folhas, tragicamente corrompido, coberto por aquele dourado enganoso...

Agora ele andava com grandes passadas em direção ao grupo de Ali Binak. "Terá se afogado?", interrogou-se, desde longe. Contudo, o rosto deles apresentava a imobilidade peculiar. Nenhum consolo vinha dali.

"O que foi?", perguntou, falando alto, e sem atinar o motivo, talvez pelo aspecto daquelas faces, em vez de acrescentar: "O que houve com ela?", indagou: "O que ela fez?".

A custo a resposta saiu daqueles maxilares impiedosamente cerrados. Foi preciso que a repetissem duas, três vezes, para que ele entendesse: Diana Vorps entrara na *kullë* de enclausuramento.

O que acontecera? Nem naquele momento nem mais tarde, quando as testemunhas começaram a contar o que tinham visto (logo se notava que se tratava de um daqueles episódios que continham em sua essência tanto a realidade como a nebulosidade, distinguindo-se da existência cotidiana), então, nem naquele instante nem depois se soube ao certo como a jovem mulher da cidade chegara a penetrar na *kullë* onde jamais pisava um forasteiro. Mais inacreditável do que o fato em si foi que ninguém o tivesse percebido. Na verdade, em alguma coisa alguém podia ter reparado, que ela se afastara, que caminhara pelas redondezas, mas ninguém a não ser alguns meninos lembrou de acompanhar seus passos. Talvez nem ela própria, se lhe perguntassem como chegara até ali e conseguira entrar na *kullë*, saberia explicar. A julgar pelas raras palavras que restaram da passagem dela pelo Rrafsh, a jovem mulher, naquela ocasião, teria se alheado de tudo e sentido algo como uma perda de peso, o que lhe facilitou não só a ideia de entrar na *kullë*, mas também a caminhada até ela. Tampouco se exclui a possibilidade de que o mesmo artifício a tenha ajudado a distrair a atenção dos demais, atenção que nunca a deixaria dar o aterrorizante passo. Na realidade, conforme se recordou mais tarde, ela se afastara dos aldeões e se aproximara da *kullë* de enclausuramento movendo-se com a leveza de uma mariposa que à noite se aproxima de uma lâmpada e se queima. Bailara no ar, fora empurrada naquela direção e assim, facilmente, como uma folha levada pelo vento, entrara, ou melhor, caíra na entrada da torre...

Com expressão amedrontada, Bessian afinal se deu conta do que ocorrera. A primeira coisa que tentou fazer foi avançar para tirar sua mulher dali, mas alguns pares de mãos vigorosas o seguraram pelos dois braços.

“Larguem-me”, disse em tom exaltado.

As faces deles estavam diante da sua, como as pedras imóveis de um muro. Entre elas se destacava o rosto pálido de Ali Binak.

“Largue-me”, dirigiu-se a ele, embora o exegeta do *Kanun* não o tivesse tocado.

“Acalme-se, senhor”, disse Ali Binak. “O senhor não pode fazer isso, ninguém exceto o padre pode entrar ali.”

“Mas minha mulher está lá”, gritou Bessian, “sozinha, no meio daqueles...”

“Tem razão, alguma coisa precisa ser feita, mas o senhor não pode entrar. Poderiam atirar no senhor, entende? Poderiam matá-lo.”

“Então, chamem o padre, o bispo ou o diabo que for preciso chamar para que entre ali.”

“O padre foi avisado”, disse Ali Binak.

“Já vem vindo, aí está ele”, disseram algumas vozes.

Muita gente se reunira em torno deles. Em meio à multidão, Bessian avistou o cocheiro, que o fitava com olhos arregalados, à espera de alguma ordem. Mas Bessian desviou o olhar.

“Afastem-se”, disse Ali Binak. Os aldeões recuaram uns poucos passos e se detiveram.

O padre se aproximou, ofegando. Seu rosto flácido, com grandes bolsas debaixo dos olhos, parecia bastante assustado.

“Há quanto tempo ela está ali?”, indagou.

Ali Binak olhou em volta interrogativamente. Algumas vozes falaram ao mesmo tempo. Um disse meia hora, outro uma hora, outro quinze minutos. A maioria deu de ombros.

"Isso não importa", disse Ali Binak. "O que importa é que alguma coisa tem que ser feita."

Ele e o padre trocaram algumas palavras em voz baixa. Bessian ouviu Ali Binak dizer: "Então eu também vou", e se consolou um pouco. A notícia se espalhou pela multidão: "Ali Binak vai junto com o padre".

O padre seguiu em frente, acompanhado de Ali Binak. Depois dos primeiros passos, este último se voltou para os aldeões: "Ninguém mais deve se aproximar".

Bessian sentiu que ainda o seguravam pelos braços. "O que terá acontecido comigo?", gemeu. O mundo inteiro se esvaziara diante dos seus olhos, restando apenas as duas silhuetas que se moviam, a do padre e a de Ali Binak, e a *kullë* de enclausuramento, para onde eles estavam se dirigindo.

As vozes das pessoas em torno chegavam a ele como o assobio longínquo de um vento vindo de um outro mundo. "Ninguém pode atirar no padre, o *Kanun* proíbe. Mas em Ali Binak sim." "Não acredito que alguém atire em Ali Binak. Todo mundo o conhece."

Os dois homens estavam a meio caminho quando Diana apareceu na porta da *kullë* de enclausuramento. Bessian jamais se lembrou precisamente do que aconteceu então. Lembrou apenas de ter feito um esforço sem fim para se adiantar e de ter sentido que o seguravam pelos braços e lhe diziam: "Espere que eles se afastem um pouco mais da *kullë*, que cheguem naquelas pedras brancas". Em seguida, viu o médico aparecer e desaparecer em algum canto, depois fez uma nova tentativa e ouviu as mesmas vozes tentando acalmá-lo.

Finalmente Diana chegou às pedras brancas, e os homens soltaram Bessian, embora alguém tivesse dito: "Não o soltem, ele vai matar a mulher". Diana estava branca como papel. Seu rosto não revelava nem temor, nem sofrimento, nem vergonha, apenas uma assustadora ausência, sobretudo nos olhos. O olhar de Bessian procurou febrilmente algum rasgão nas roupas dela, algum vergão nos lábios ou no pescoço. Não viu nada, mas tampouco sentiu alívio. O vazio nos olhos lhe parecia agora mais insuportável do que qualquer possível vestígio de maus-tratos.

Com um movimento nem brusco nem carinhoso, ele segurou a esposa pelo braço e, tomando a dianteira, conduziu-a rumo à carruagem, onde entraram, um após o outro, sem falar e sem se despedir de ninguém.

A carruagem avançava célere pela longa estrada. Fazia quanto tempo que viajavam assim? Um minuto? Um século? Por fim, Bessian Vorps se voltou para a esposa: "Por que não fala? Por que não me conta o que aconteceu?".

Ela permaneceu apática no assento, olhando para a frente, como se não estivesse ali. Então ele a segurou com violência pelo cotovelo.

"Diga, o que fez lá dentro?"

Ela não respondeu nem retirou o braço, que ele apertava como uma tenaz.

"Por que entrou ali?", gritou ele, já então sem emitir som algum. "Para ver como o drama é terrível? Para se vingar de mim? Ou em busca daquele montanhês do outro dia, Gjorg... Gjorg...? Irá procurá-lo em todas as *kullë* de enclausuramento? Hein?"

Mais tarde ele fez todas essas perguntas, com palavras um pouco diferentes, porém na mesma ordem. Ela não respondeu a nenhuma, e ele entendeu que foram realmente aqueles os motivos que a guiaram. Súbito, sentiu uma exaustão que nunca sentira em sua vida.

Lá fora, anoitecia. O crepúsculo, auxiliado pela bruma, cobria tudo rapidamente. Ele teve a impressão de ver por trás dos vidros da carruagem, em meio à névoa, um homem montado numa mula. O cavaleiro, cujo vulto lhe pareceu conhecido, acompanhou por um instante o movimento da carruagem. "Aonde irá o feitor do sangue nesta escuridão?", pensou Bessian.

"Aonde irá?", disse logo depois consigo. "Sozinho neste estranho Rrafsh, no crepúsculo povoado de fantasmas... Aonde?"

Meia hora depois a carruagem parava em frente à estalagem. Um após o outro, eles subiram a escada de madeira e entraram no quarto. O fogo ainda crepitava, e o balde d'água, que o estalajadeiro certamente voltara a encher, já estava recoberto de fuligem. Um lampião de querosene lançava sua luz insegura em torno. Nenhum dos dois cuidou do fogo nem do balde. Diana se despiu e se deitou no leito, cobrindo os olhos com um braço para se proteger da luz. Bessian ficou de pé, diante da janela, com o olhar nas montanhas; voltava-se apenas de vez em quando para ver o belo braço que, com uma alça de renda que escorregara do ombro, ainda mantinha o rosto semioculto. "O que aqueles polifemos* meio cegos fizeram com você?", disse consigo. E sentiu que aquela era uma pergunta que poderia acompanhar toda a vida de um homem.

Ali passaram a noite e todo o dia seguinte, sem sair do quarto. O estalajadeiro levou as refeições para eles, muito admirado de não lhe pedirem que mantivesse o fogo na lareira.

Na manhã do terceiro dia (era 17 de abril), o cocheiro levou as malas para a carruagem, e eles, marido e mulher, depois de pagarem e saudarem friamente o estalajadeiro, ganharam a estrada.

Abandonavam o Rrafsh.

* Polifemo, um dos ciclopes, personagem da *Odisseia* de quem Ulisses se liberta depois de vazar seu único olho. (N. T.)

7.

A manhã do dia 17 de abril encontrou Gjorg na Estrada Grande, que levava a Brezftoht. Embora caminhasse sem parar desde o nascer do sol, ele calculou que precisaria de mais um dia para alcançar a aldeia natal, ao passo que sua *bessa* chegaria ao fim ao meio-dia.

Ergueu a cabeça em busca do sol, que estava encoberto pelas nuvens mais altas mas cuja posição era possível adivinhar. "Não falta muito para o meio-dia", disse consigo, baixando o olhar para a estrada. Aos seus olhos, ainda ofuscados pela claridade, ela pareceu repleta de pequenos reflexos avermelhados. Gjorg se pôs a andar, pensando que se sua *bessa* acabasse à noite, ele poderia chegar em casa à meia-noite ao menos. Mas a sua *bessa*, como a maioria delas, acabava ao meio-dia. Sabia-se que nesses casos, se o *gjaks* era morto precisamente no dia do fim da *bessa*, logo que ele tombasse se verificava em que lado da cabeça incidia a sombra, se no poente ou no levante. Caso a sombra incidisse no poente, isso significava que a morte ocorrera antes da hora, e portanto à traição.

Gjorg ergueu novamente a cabeça. Naquele dia todas as suas preocupações estavam relacionadas com o céu e a marcha do sol através dele. Depois, tal como na ocasião anterior, ele voltou a contemplar a estrada, que outra vez se apresentou repleta de luz ao seu olhar ofuscado. Virou a cabeça para trás e em toda parte só via aquelas cintilações avermelhadas, mais nada. Ao que parecia, a carruagem preta, que ele procurara inutilmente por três semanas e ao longo de todos os caminhos do Rrafsh, não apareceria na última manhã de sua vida livre. Muitas vezes ele pensara que afinal ela surgia, mas a cada vez ela desaparecera como se voasse para o céu. Tinham-na avistado na Estrada da Sombra, em Rrepet e Qyq, na Estrada Grande dos Flamur, mas ele nunca chegara a encontrá-la. Assim que Gjorg alcançava a província onde diziam tê-la visto, ela já fora para a província vizinha, e quando ele retornava para cortar-lhe o caminho em alguma encruzilhada, ela tomava um rumo inesperado.

Às vezes ele a esquecia, porém a própria estrada o levava a recordá-la. E, agora, quase já não tinha esperanças. Com efeito, ainda que ela errasse a vida inteira pelo Rrafsh, ele estaria trancado numa *kullë* de enclausuramento. E mesmo que acontecesse o impossível, e ele um dia saísse da *kullë*, teria os olhos estragados e em lugar dela enxergaria apenas uma mancha confusa, tal como o sol atrás das nuvens naquele dia, parecendo um ramalhete de rosas esmagadas.

Gjorg a afastou da mente e pensou em sua casa. Sua gente o esperava para hoje, cheia de aflição, mas ele nunca iria chegar antes do meio-dia. Na hora do almoço teria que interromper a viagem e se esconder até a noite cair. Agora ele era o *gjaks* perseguido e só poderia se deslocar à noite, sorrateiramente, e nunca pelos caminhos principais. Nas estalagens por onde passara nos últimos dias, em certas ocasiões julgara ver de relance alguém do clã dos Kryeqyq. Talvez seus olhos o enganassem, mas talvez não: quem sabe não haviam posto alguém em seu encalço para abatê-lo imediatamente após o fim da *bessa*, naquele momento em que o perseguido ainda não se acostumou a ter cuidado?

"De todo modo, devo me precaver", pensou, e pela terceira vez ergueu o olhar para o céu. Naquele exato momento imaginou ouvir um ruído muito distante. Deteve-se para descobrir de onde vinha, mas não conseguiu. Pôs-se em marcha, e o barulho voltou a segui-lo. Era um zumbido abafado, que lhe chegava com intensidade desigual. "Deve ser uma queda-d'água", disse consigo, e de fato o era. Quando se aproximou e a viu, deteve-se, maravilhado. Jamais em sua existência vira uma cachoeira tão fascinante. Era diferente das outras, sem espuma nem respingos, e deslizava uniformemente ao longo do penhasco verde-escuro, como uma cabeleira densa. Gjorg recordou os cabelos da bela mulher da cidade. Se a luz do sol incidisse sobre a cachoeira, suas águas se assemelhariam a eles.

Continuou parado na pequena ponte de madeira, embaixo da qual as águas seguiam seu caminho, já prostradas e sem nobreza. Não tirava os olhos da cascata. Uma semana antes, numa estalagem, ouvira dizer que havia países no mundo onde se produzia luz elétrica com as cachoeiras dos montes. Um jovem montanhês contava a dois outros hóspedes que ouvira a notícia de um outro, o qual a ouvira de outro ainda. Seus ouvintes retrucaram: "Fazer luz com água? Você está louco, homem?!". "Por quê? O querosene não é um tipo de óleo que pode dar luz?" "Mas a água apaga o fogo, não acende!" O jovem montanhês teimava que fora isso que tinham lhe contado e que ele não acrescentara nada: era possível produzir luz com água, mas não podia ser uma água qualquer, pois as águas, como as pessoas, diferem entre si; só se podia fazê-lo com as nobres águas das cascatas. "Quem lhe contou isso é louco, e mais louco é você, que acreditou", diziam os hóspedes. Mas aquilo não impedia o montanhês de insistir que se acontecesse uma coisa daquelas (sempre segundo as palavras do outro que ouvira de outro), e no caso de acontecer no Rrafsh, então o *Kanun* haveria de se suavizar um pouco. O Rrafsh iria se lavando lentamente da morte, assim como as terras ruins perdem o sal quando irrigadas. "Você é louco, louco", repetiam os hóspedes, enquanto Gjorg, sabe-se lá por quê, acreditara no desconhecido.

A muito custo ele voltou as costas para a queda-d'água. A estrada se estendia sem fim, quase reta, com um leve matiz purpúreo nas margens.

Ele ergueu os olhos para o céu. Mais um pouco, e o prazo da *bessa* se esgotaria. Então ele ficaria fora do tempo do *Kanun*. "Fora do tempo", repetiu consigo. Parecia-lhe um tanto esquisito que uma pessoa ficasse fora do seu tempo. "Mais um pouco", repetiu, voltando a olhar para cima. Era como se as rosas esmagadas por trás das nuvens agora estivessem levemente mais encarnadas. Gjorg sorriu com amargura, como se dissesse para si mesmo: "Você não pode fazer nada!".

Enquanto isso, a carruagem que conduzia os Vorps rodava pela Estrada Grande dos Flamur, a mais longa das estradas que cortam o Rrafsh. Os cumes das montanhas, esbranquiçados pela neve, recuavam sempre mais, e Bessian Vorps, ao vê-los assim, refletia que finalmente ele e Diana estavam deixando o reino da morte. Seu olho direito de vez em quando espiava o perfil da esposa. Pálida, com uma rigidez que os sacolejos do veículo realçavam em vez de encobrir, ela dava medo: alheada de todo, desnaturada, somente um corpo cujo espírito permanecera lá em cima.

"Como fui trazê-la a este Rrafsh amaldiçoado?", repetiu ele consigo pela décima vez. "Logo no primeiro contato, ele a tomou de mim." Por apenas um instante haviam tocado o monstruoso mecanismo, e um instante bastara para que ele lhe arrebatasse a esposa, fizesse dela sua prisioneira, ou, na melhor das alternativas, uma ninfa das montanhas.

O ranger das rodas da carruagem era uma música bem adequada para acompanhar as dúvidas, conjecturas e remorsos que o assaltavam. Louco temerário, ele pusera sua felicidade à prova, como se quisesse testar se a merecia. Conduzira aquela frágil felicidade até a porta dos infernos, logo em sua primeira primavera. E ela não resistira à prova.

Às vezes, mais calmo, ele considerava que na verdade nenhuma atração ocasional, nenhuma outra pessoa jamais poderia afetar o sentimento de Diana por ele. E se afinal assim ocorrera (ai! como soava amarga essa palavra!), não fora por causa de outro, mas por causa de algo tremendamente maior, um turbulento redemoinho, atiçado por milhares de fatos através de muitos séculos, e portanto irremediável. Como uma borboleta atingida por uma locomotiva negra, ela fora tocada pela tragédia do Rrafsh e sucumbira.

Em outras ocasiões, com uma tranquilidade que despertava calafrios nele próprio, refletia que talvez o Rrafsh tivesse cobrado um tributo que de fato lhe era devido. Uma taxa por seus escritos, pelas ninfas e valquírias montanhesas que os povoavam, por aquele diminuto camarote posto diante de um palco onde um povo inteiro se ensanguentava.

E talvez o castigo o tivesse atingido aonde quer que ele fosse, inclusive em Tirana, pensava, consolando-se. O Rrafsh irradiava suas emanações muito longe, sobre todo o país e em todos os tempos.

Bessian ergueu a manga do paletó e viu as horas. Era meio-dia.

* * *

Gjorg ergueu a cabeça e deu com a mancha do sol atrás das nuvens. "Exatamente meio-dia", pensou. O prazo da *bessa* findara. Agilmente, abandonou a Estrada Grande pelo descampado. Precisava encontrar um refúgio para esperar o cair da noite. A estrada estava deserta dos dois lados, mas, mesmo assim, continuar por ela teria sido uma violação do *Kanun*.

O lugar era uma ampla concavidade. Na parte mais baixa, tinha terras cultivadas e algumas árvores, porém ao redor não se via nem um rochedo, nem mesmo uma moita. "Assim que achar um abrigo, escondo-me", pensou, tratando de se convencer de que não estava se expondo daquela maneira para demonstrar valentia, e sim por não encontrar refúgio.

O descampado parecia não ter fim. O tempo revelava uma calma muito particular, um vazio abafado. Ele estava inteiramente só sob o céu, que agora era como se tivesse pendido um pouco para o lado do poente, arrastado pelo peso do sol. O dia em torno era o mesmo, com o mesmo ar, o mesmo matiz purpúreo, ainda que o prazo da *bessa* estivesse esgotado e sua sombra tivesse passado para o lado oposto. Ele olhava em volta, frio. Então, era assim o tempo além da *bessa*. Um tempo eterno, que já não lhe pertencia, sem dias, estações, anos ou futuro, um tempo geral, com o qual ele não tinha nada a ver. Completamente estranho a ele, não lhe oferecia nenhum sinal, nenhum indício, nem do dia de sua condenação, situado em algum ponto mais adiante, numa data e num solo desconhecidos, e por obra de alguém também desconhecido.

Enquanto assim pensava, seus olhos avistaram ao longe algumas construções que lhe pareceram familiares. "Mas esses são os solares dos Rrëzë", disse consigo quando se aproximou um pouco mais. A partir deles, até um riacho cujo nome não lembrava, a estrada estava sob *bessa*. Pelo menos, era o que tinha ouvido falar. Os trechos de estrada sob *bessa* não possuíam marcos nem qualquer sinal distintivo, mas ainda assim todos os conheciam. Para maior segurança, ele podia perguntar à primeira pessoa que encontrasse.

Gjorg apressou o passo. Seu espírito despertou da dormência. Chegaria até a estrada sob *bessa* e por ali ficaria, até cair a noite, sem precisar se esconder numa moita. Nesse meio-tempo, quem sabe, a carruagem caprichosa poderia passar por ali. Certa vez, conforme haviam lhe contado, ela fora vista em Três Poços.

Era o que faria. Voltou-se para a esquerda, depois para a direita, a fim de confirmar se a estrada e os campos estavam completamente desertos. Ultrapassou de um salto o espaço que o separava da Estrada Grande e começou a percorrê-la. Assim chegaria mais rápido ao trecho sob *bessa*.

"Cuidado", dizia consigo, "agora sua cabeça faz sombra para o nascente", mas a Estrada Grande continuava sem vivalma. Ele marchava apressado, sem pensar em nada. Avistou nos confins do caminho algumas silhuetas negras quase imóveis. Ao se aproximar um pouco mais, viu que eram dois montanheses e uma mulher montada numa mula.

"Ó homens, esta estrada aqui está sob *bessa*?", perguntou ao cruzar com eles.

"Está sim, rapaz", disse o mais velho do grupo. "Faz cem anos que o caminho dos solares dos Rrëzë até o Arroio das Stoj-zovallë está sob *bessa*."

"Obrigado!"

"Por nada, rapaz", respondeu o velho, reparando na tarja negra na manga de Gjorg. "Boa viagem!"

Enquanto percorria a estrada, cada vez mais rápido, Gjorg pensava no que fariam a essa hora os *gjaks* que o dia surpreendera pelo Rrafsh, não fossem os caminhos sob *bessa*, seu único abrigo contra os perseguidores.

O trecho sob *bessa* em nada se distinguia da parte restante da estrada. Tinha o mesmo velho calçamento, estragado aqui e ali por muitos cascos e chuvas, as mesmas grotas e urzes nas margens. A despeito disso, Gjorg achou que havia algo caloroso no dourado da sua poeira. Respirou fundo e caminhou mais devagar. "Aqui esperarei a noite", pensou. "Descansarei sobre uma pedra, ou ficarei andando para cima e para baixo até que anoiteça." Isso seria melhor do que entrar em alguma estalagem. Além do mais... a carruagem poderia passar por ali. Tinha uma esperança difusa de vê-la ainda uma vez. E o seu sonho ia mais longe: avistaria a carruagem, ela se deteria, e seus ocupantes diriam: "Ei, montanhês, se você está cansado, suba aqui e faça uma parte do caminho junto conosco"...

De tempos em tempos Gjorg erguia os olhos para o céu. Dali a no máximo três horas anoiteceria. Passavam pela estrada montanheses solitários, a pé ou a cavalo. A uma boa distância apareciam algumas manchas imóveis. Com certeza eram outros *gjaks* que, assim como ele, esperavam as trevas da noite para seguir viagem. "Lá em casa devem estar com muito medo", disse consigo.

Agora se aproximava um montanhês, sem pressa, com um boi à frente. O boi era inteiramente preto.

"Boa tarde!", cumprimentou o montanhês quando eles se cruzaram.

"Boa tarde!", respondeu Gjorg.

O outro indicou o céu com um gesto: "Esse tempo que não anda...".

Tinha bigodes louros que pareciam ajudá-lo a sorrir. Na manga se via a tarja negra.

"Sua *bessa* acabou?"

"Sim", respondeu Gjorg, "hoje ao meio-dia."

"A minha acabou faz três dias, mas veja só, tenho que vender esse boi..."

Gjorg o fitou espantado.

"...Faz duas semanas que passeio com ele, mas não há jeito de achar comprador", prosseguiu o montanhês. "É um bom boi, todos lá em casa choraram ao se despedir dele, mas não encontro quem o compre."

Gjorg não sabia o que dizer. Nunca lidara com venda de gado.

"Queria vendê-lo antes de ir para a *kullë* de enclausuramento", continuou o outro. "Preciso disso, rapaz, se eu não o vendo, não há quem faça isso lá em casa. Mas agora estou perdendo as esperanças. Se não fiz o negócio nas duas semanas em que estava livre, como vou fazer agora, que só posso andar à noite? Então, o que me diz disso?"

"Verdade", concordou Gjorg. "É uma situação difícil."

Seus olhos espiavam obliquamente o boi preto, que ruminava, tranquilo. Vieram-lhe à lembrança os versos da velha cantiga dos últimos desejos do soldado que morria: "Deem lembranças a mamãe, vendam o boi preto".

"De onde você é?", indagou o montanhês.

"De Brezftoht."

"Não fica muito longe. Andando bem, você chega lá de noite."

"E você?"

"Ah, eu sou de muito longe, do *flamur* de Krasniq."

Gjorg assobiou.

"É longe mesmo. Até chegar lá, com certeza você já vendeu o boi."

"Não acredito", disse o outro. "Agora o único lugar onde posso oferecê-lo são as estradas sob *bessa*, mas elas são poucas..."

Gjorg aquiesceu com a cabeça.

"Se esta estrada aqui estivesse sob *bessa* até a encruzilhada com a Estrada Grande dos Flamur, aí sim, certamente eu o venderia. Mas a parte sob *bessa* acaba antes."

"A Estrada dos Flamur é perto daqui?"

"Não é longe. Ali, isso eu garanto, um homem pode vender qualquer coisa."

"É verdade, as pessoas vendem as coisas mais incríveis nas estradas", disse Gjorg. "Certa vez aconteceu de eu ver uma carruagem..."

"Uma carruagem preta com uma mulher bonita dentro?", interrompeu o outro.

"Como você sabe?", perguntou Gjorg.

"Avistei-a ontem à noite, da Estalagem da Cruz."

"E o que eles estavam fazendo lá?"

"O que estavam fazendo? Nada. A carruagem estava em frente à estalagem. O cocheiro estava lá dentro, tomando café."

"E ela?"

O montanhês sorriu.

"Eles estavam na estalagem. Dois dias e duas noites sem sair do quarto. Foi o que contou o estalajadeiro. Ai, meu irmão, a mulher era bonita como uma fada. Atravessava a gente com o olhar. Deixei-os lá à noite. Hoje devem ter ido embora."

"Como você sabe?"

"Perguntei ao estalajadeiro. 'Amanhã partimos', foi o que o cocheiro disse."

Por um momento Gjorg ficou um tanto desnorteado, com os olhos pregados nas pedras do caminho.

"Por onde passa essa estrada?", perguntou bruscamente.

O montanhês ergueu o braço, apontando uma direção.

"A uma hora de viagem daqui, esta estrada em que estamos corta a Estrada dos Flamur. Eles certamente vão passar por lá, se é que já não passaram. Não existe outro caminho."

Gjorg ainda tinha os olhos na direção que o outro indicara. O montanhês começou a olhar para ele com espanto: "O que deu em você, infeliz?".

Gjorg não respondeu. "Uma hora distante daqui", repetia consigo. Ergueu a cabeça à procura dos rastros do sol nas nuvens. Ainda faltavam pelo menos duas horas para anoitecer. Nunca ele chegara assim tão perto. Poderia ver a fada.

Sem mais demora, sem sequer se despedir do companheiro de viagem, partiu desatinado rumo ao ponto onde, conforme o homem do boi preto, as estradas se cruzavam.

A carruagem dos Vorps deixava rapidamente o Rrafsh para trás. A tarde tombara quando avistaram ao longe os telhados de um vilarejo, os vértices de dois minaretes e a torre de uma igreja solitária.

Bessian Vorps aproximou a testa do vidro: aquela pequena viela, cercada de construções um tanto ridículas, ele imediatamente povoou de seus moradores, funcionários da subprefeitura que levavam papéis ao juiz de paz, lojas, escritórios sonolentos e quatro ou cinco telefones de modelos antigos, os únicos telefones do lugar, por onde passavam as conversas mais aborrecidas, na maioria pontilhadas de bocejos. Imaginou aquilo tudo, e súbito o mundo que o esperava ali embaixo lhe pareceu terrivelmente pálido e insosso comparado com o que deixara para trás.

E no entanto, refletiu melancolicamente, ele pertencia àquele mundo pálido, e portanto não devia ter galgado o Rrafsh. O Rrafsh não fora criado para os simples mortais.

As chaminés do vilarejo iam se tornando maiores. Diana, com a cabeça apoiada no encosto, continuava como antes, silenciosa. Bessian Vorps teve a sensação de estar levando de volta para casa a casca de sua mulher, ao passo que ela própria ficara em alguma parte das montanhas.

Agora atravessavam o descampado desnudo onde haviam começado seu passeio um mês antes. Ele se voltou novamente, para ver o Rrafsh quem sabe pela última vez. As montanhas desfilavam mais e mais devagar, e mais perdidas em sua própria solidão. Uma misteriosa bruma esbranquiçada caíra sobre elas, como uma cortina sobre um drama recém-encerrado.

Naquele mesmo instante Gjorg andava a grandes passadas pela Estrada dos Flamur, que alcançara uma hora antes. Sentiam-se no ar as primeiras friagens do crepúsculo quando ele ouviu um grito cortante de um lado do caminho: "Gjorg, lembranças a Zef Krye...".

Seu braço fez um movimento brusco em busca da arma que trazia ao ombro, mas o ato de erguer o braço se confundiu com o grito "qyq", a parte final do nome odiado, que mal chegou à sua consciência. Ele viu a terra se mover, em seguida o seu Rrafsh se erguer com fúria, atingindo-o na face. Caíra.

De repente o mundo emudeceu por completo, depois ele ouviu passos em meio ao mutismo. Sentiu duas mãos que faziam alguma coisa com seu corpo. "Viraram-me para cima", pensou. No mesmo momento algo frio, o cano do seu fuzil talvez, tocou sua face direita. "Ó Deus, tudo conforme as regras." Tentou abrir os olhos. Não se deu conta se conseguira abri-los ou não. Deu-se conta apenas de que, no lugar do *gjaks*, enxergava alvos restos de neve que ainda não derretera, e no meio deles um boi preto que não havia como vender. "Isso é tudo", pensou, "e até que durou demais."

Ainda ouvia os passos se afastando e ficou a indagar de quem seriam. Pareciam-lhe familiares. Ah, claro, ele os conhecia bem, assim como conhecia as mãos que o tinham virado... "Eram as minhas", disse. Em 17 de março, na estrada perto de Brezftoht... Por um instante perdeu a consciência, depois voltou a ouvir os passos e voltou a pensar que eram os seus, que era ele e ninguém mais quem fugia assim, deixando para trás, estendido no caminho, seu próprio cadáver que acabava de matar.

Tirana, 1978

1ª EDIÇÃO [2001]
2ª EDIÇÃO [2001] 3 reimpressões
3ª EDIÇÃO [2024]

ESTA OBRA FOI COMPOSTA PELO ACQUA ESTÚDIO EM ELECTRA
E IMPRESSA EM OFSETE PELA GRÁFICA BARTIRA SOBRE PAPEL PÓLEN NATURAL
DA SUZANO S.A. PARA A EDITORA SCHWARCZ EM SETEMBRO DE 2024

A marca FSC® é a garantia de que a madeira utilizada na fabricação do papel deste livro provém de florestas que foram gerenciadas de maneira ambientalmente correta, socialmente justa e economicamente viável, além de outras fontes de origem controlada.